si jamais...

L'édition originale de cet ouvrage
a paru chez Penguin Books, Londres, sous le titre :

JUST IN CASE

Hachette Livre, 43 quai de Grenelle, 75015 Paris.

MEG ROSOFF

si jamais...

Traduit de l'anglais (Grande-Bretagne)
par Luc Rigoureau

hachette

À Paul

1

D'ici, la vue est belle. J'observe la Terre entière, rien ne m'échappe. Ainsi, je vois un garçon de quinze ans et son frère.

2

Le petit frère de David Case venait d'apprendre à marcher, même s'il n'était pas encore ce qu'on appellerait un expert dans ce domaine. Profitant de l'inattention de son aîné, il se dirigea d'un pas mal assuré vers les carreaux grands ouverts de la chambre fraternelle. Après bien des efforts, il réussit à se hisser sur l'appui de la fenêtre, s'y recroquevilla comme une chenille, poussa de toutes ses forces, s'accroupit et se redressa. Chancelant dangereusement, il planta un regard solennel sur le clocher de l'église, quatre cents mètres plus loin.

Il s'inclina un peu vers le vide, juste à l'instant

où un gros oiseau noir passait devant lui. L'animal s'arrêta et vissa sa prunelle rouge et rusée sur celle du bébé.

— Et si tu volais, toi aussi ? suggéra le volatile.

L'enfant écarquilla les yeux, séduit par l'idée. En bas, dans la rue, un lévrier se tenait aux aguets, sa belle tête pâle tournée en direction de la catastrophe imminente. Posément, le chien déplaça l'angle de son museau, créant ainsi une ligne invisible qui repoussa de quelques centimètres le sacripant et lui rendit son équilibre. Plus en sécurité à présent, mais ravi qu'un oiseau lui eût adressé la parole, le petit lança les bras en avant et se dit : Voler ? Oui !

David n'entendit pas son frère penser. Ce fut autre chose qui l'amena à réagir. Une voix. Un doigt tapotant son épaule. Des lèvres effleurant son oreille.

C'est donc ici que nous commençons : un garçon sur le point de mourir. Un autre sur le point de plonger dans quelque chose de bien plus complexe.

Dès qu'il eut levé la tête, David prit la mesure de la situation. Hurlant : *Charlie !*, il se précipita vers la fenêtre, saisit son frère par la cape de son pyjama Batman, le serra contre lui avec assez d'énergie pour lui briser les côtes et s'affala sur le plancher, enfouissant le visage du bébé dans le creux protecteur de son propre cou.

Offusqué, Charlie piailla, David le perçut à peine. Haletant, il l'écarta, le tint à bout de bras.

— Qu'est-ce que tu fichais là-dessus ? brailla-t-il. Mais qu'est-ce qui t'a pris ?

Eh bien, répondit Charlie, moi j'en avais assez de mes joujoux et toi tu ne faisais pas attention à moi alors j'ai eu l'idée sympa de contempler le monde d'en haut. J'ai grimpé sur la fenêtre ce qui n'a pas été fastoche crois-moi et quand j'ai enfin réussi je me suis senti bizarre et joyeux avec juste le ciel tout autour de moi et voilà que soudain un oiseau est arrivé et m'a contemplé et m'a dit que je pouvais voler moi aussi et c'était la première fois qu'un oiseau m'adressait la parole et j'ai pensé qu'un oiseau ne pouvait pas se tromper en la matière et qu'il avait sûrement raison. Oh et il y avait aussi un beau chien gris sur le trottoir qui regardait en l'air et dirigeait son nez sur moi si bien que je ne suis pas tombé et juste au moment où j'allais sauter et planer tu m'as attrapé et tu m'as fais très mal ce qui m'a mis très en colère et je n'ai même pas eu la chance de voler alors que je suis sûr que j'aurais pu.

Le bébé expliqua tout cela lentement et soigneusement, de façon à ce qu'il n'y eût aucun malentendu.

— Vole zoziau.

Tels furent les mots qui sortirent de sa bouche.

Le cœur battant, David détourna la tête. Inutile d'essayer de communiquer avec un moutard d'un an. Même si l'enfant avait eu le vocabulaire nécessaire à sa disposition, il n'aurait pu répondre aux questions de son aîné. Charlie avait agi ainsi parce qu'il était un gosse idiot, trop idiot pour se rendre compte que les oiseaux ne parlent pas, et que les enfants ne volent pas.

Bon sang ! songea David. Deux secondes de plus, et il était mort. Mon frère serait mort, mais ce serait *moi* qui serais dévasté, écrasé, ratatiné par la culpabilité, par la faute, par tous les gens murmurant partout jusqu'à la fin de mes jours : « C'est le gars qui a tué son frère. »

Deux secondes. Rien que deux. C'était tout ce qui séparait un quotidien banal de l'absolue tragédie.

Il s'assit, en proie au vertige. Comment expliquer que cette idée ne l'eût encore jamais effleuré ? Il pouvait tomber dans une bouche d'égout, être terrassé par une attaque, contaminé par la grippe aviaire. Un accident de voiture pouvait lui briser la moelle épinière. Un arbre s'abattre sur lui. Il y avait les comètes. Les abeilles tueuses. Les armées ennemies. Les inondations. Les assassins en série. Il y avait les déchets nucléaires enfouis. Les épurations ethniques. Les invasions extraterrestres.

Un crash aérien.

Tout à coup, où qu'il regardât, David vit des drames, des effusions de sang, la disparition de la planète, la fin de l'espèce humaine, sans même se mentionner à lui-même – et ainsi mettre le doigt sur la source exacte de son anxiété – la douleur éventuelle.

Qui avait imaginé un scénario aussi nul ?

Bah, qu'importe ! Quelle qu'en fût l'origine, David éprouva toute la malveillance de ce complot qui s'installait en lui et, tel un oiseau de proie maléfique, creusait son nid et plantait ses éperons aiguisés dans la gelée grise et tremblotante de son cerveau terrifié. Il enlaça son frère, pressa son corps contre le sien, appuya ses lèvres sur son visage.

Et si jamais... ?

Dès lors, David s'embourba dans le *et si jamais*. Le poids du *et si jamais* s'enroula autour de ses chevilles et l'entraîna par le fond.

3

Un an auparavant, le père de David l'avait réveillé en criant.

— Ta mère est rentrée ! Tu ne veux pas voir le bébé ?

Pas vraiment, avait songé l'adolescent en enfonçant sa tête dans l'oreiller. Je sais à quoi ressemble un bébé. Ils étaient quand même entrés dans sa chambre, adressant des sourires béats et des roucoulements ineptes à l'intention d'une petite créature à l'air serein et aux yeux d'un noir de jais. En grognant, David s'étais assis sur son lit et avait scruté son frère tout neuf. Ça y est, je l'ai vu, avait-il pensé.

— Naturellement, avait péroré son père avec sa suffisance habituelle, lui ne te voit pas. Les bébés mettent plusieurs semaines avant de pouvoir se concentrer.

David s'était apprêté à se rendormir quand il avait remarqué l'étonnante expression avec laquelle le toisait le nouveau-né, une expression de tranquille autorité. Je m'appelle Charlie, avaient déclaré ces yeux aussi clairement que si l'enfant avait prononcé les mots tout haut. Et toi, qui es-tu ?

David l'avait dévisagé avec hébétude. Son frère avait alors répété sa question, lentement, poliment, comme s'il s'était adressé à une personne d'intelligence limitée. *Qui es-tu, exactement ?* David avait froncé les sourcils.

Le bébé avait incliné la tête, ses traits trahissant quelque chose comme de la pitié. Une question pourtant toute simple, s'était-il dit. Si son aîné en connaissait la réponse, il n'en avait toutefois rien laissé deviner.

Ce qui avait surpris Charlie. Au fils des mois, il avait tenté d'approcher ses parents afin d'obtenir de plus amples renseignements, mais son père était toujours au travail, et sa mère semblait bizarrement très mal informée sur son premier fils. « D'ordinaire, il est toujours à l'heure », lançait-elle joyeusement, ou : « J'aimerais bien qu'il range un peu mieux sa chambre. » Rien cependant sur *qui il était*. D'ailleurs, lorsqu'elle surprenait Charlie épiant le moindre geste de David, elle se contentait de se dire : « Comme c'est mignon ! Ils apprennent à s'aimer. »

En vérité, ils n'apprenaient rien de tel. Simplement, Charlie comparait le David qu'il connaissait avec les David représentés sur les photos de famille éparpillées dans toute la maison. Ces David plus jeunes étaient empreints d'une assurance heureuse ; tenant des livres, des vélos ou des crèmes glacées, ils portaient un regard confiant sur l'objectif. Ces David plus jeunes tapaient dans le ballon, soufflaient des bougies plantées au sommet de gâteaux crémeux. Ils étaient bien définis et leurs prunelles étaient transparentes.

En revanche, le David que Charlie observait à présent était flou, nerveux, agité. Il lui rappelait une carte d'anniversaire qu'il avait vue, et sur laquelle un clown se transformait peu à peu en funambule en fonction de l'angle selon lequel on l'inclinait. Charlie était incapable de dater avec précision quand la métamorphose de son aîné avait débuté. D'après les clichés, sa silhouette avait commencé à perdre de son acuité entre le moment où il jouait au football, à treize ans, et celui où il avait été privé de son statut d'enfant unique, l'année suivante.

Charlie avait consacré une bonne partie de sa brève existence à s'inquiéter pour ce grand frère. Il interrompit son jeu Monsieur-Singe-part-en-voiture-avec-Monsieur-Âne et médita. Il comprit que sa récente tentative pour voler avait été une erreur. Elle semblait avoir poussé David de l'autre côté d'une frontière invisible, ce qui emplissait le bébé de remords. Il aurait tant voulu faire amende honorable et offrir quelques conseils qui auraient permis à David de reprendre pied. Malheureusement, ce dernier ne l'écoutait pas.

Ou alors il écoutait, mais, par quelque bizarrerie de la nature, il était privé d'entendement. Ce qui angoissait Charlie par-dessus tout.

4

Un autre que David Case ayant frôlé une catastrophe identique à celle qu'il vécut cet été-là se serait dit qu'il avait eu beaucoup de chance. Un autre habitant de la triste banlieue de Luton aurait songé que ces choses-là arrivent, aurait pris l'expérience comme un avertissement sur la faillibilité humaine, un rappel du certain degré de vigilance toujours nécessaire si l'on veut éviter les innombrables drames que l'existence réserve, potentiellement. Un autre se serait sans doute même félicité d'avoir sauvé la vie de son petit frère.

Malheureusement, David Case n'était pas cet

autre-là. Ce fameux après-midi, des mois de fantasmes paranoïaques incertains et d'angoisses en gestation se cristallisèrent avec l'assurance d'une proclamation. En un instant, le mélange de sensations confuses devint une conviction absolue.

David était damné.

Le lendemain matin, allongé sous ses draps, il revécut la scène. Certes, il avait évité le pire ; mais la prochaine flèche (balle, pierre ou bombe) ne raterait pas sa cible. Il voyait déjà l'abominable scénario se dévider avec la simplicité trompeuse d'un dessin animé : le Destin errant dans les parages, consultant sa montre, feignant l'indifférence, puis... VLAN !

En s'habillant, il eut l'impression d'être épié. Lorsqu'il versa ses céréales dans son bol, s'imposa à lui l'image de sa vie s'écroulant en un tas de ruines fumantes. Bon sang ! pensa-t-il alors qu'il se brossait les dents. Il faut que je me cache. Non ! Pas me cacher. Que je mute. Que je devienne méconnaissable.

Assis sur son lit, se rongeant les ongles, il dressa l'inventaire : quinze ans, un mètre soixante-quinze, épaules voûtées, démarche traînante, politesse minimale, cheveux d'un châtain anglais banal, dents irrégulières, corpulence dans la moyenne britannique.

Aucune de ces caractéristiques ne le protégerait de l'adversité. Sa seule chance de s'en sortir, c'était de reconstruire sa vie pas à pas, à commencer par son nom. S'il arrivait à suffisamment changer, la fatalité oublierait peut-être David Case pour passer à sa prochaine innocente victime, qu'elle pourchasserait jusqu'à ce que mort s'ensuive.

Il sortit de la maison et s'éloigna sur le bord du trottoir – obligeant un cycliste à faire une embardée sous le nez d'une camionnette de livraison – et troqua son prénom de David contre celui de Justin. Il y avait, dans Justin, de la courtoisie, une ironie de bon aloi, de l'assurance physique, une intelligence rigoureuse. Beaucoup plus de compétence que dans David. Moins de vulnérabilité. Justin Case[1] était le genre de personnage parfaitement capable d'affronter le danger.

Le hurlement des freins et le bruit de l'impact l'arrêtèrent un instant, et il contempla avec intérêt le cycliste qui s'envolait. Quoi qu'il arrive, Justin serait souple, malin et réactif. Il se baisserait, il esquiverait, il déjouerait les pièges tendus par la destinée. Le cycliste s'écrasa sur le toit de la fourgonnette, rebondit sur le pare-brise et glissa sur le sol, où il resta sans bouger.

---

1. Jeu de mots impossible à rendre en français entre le nom Justin Case et l'expression *just in case*, qui signifie « au cas où ». *(Toutes les notes sont du traducteur.)*

Justin Case ne serait répertorié ni par la Sécurité sociale, ni par l'état civil, ni par tous ceux élaborant le futur de l'humanité. Le cœur de David se gonfla tandis que s'approchaient les sirènes d'une ambulance et de la police. L'adolescent poursuivit son chemin – hors de question qu'il fît comme ces badauds qui se régalent du malheur des autres.

Quand il bifurqua dans une rue latérale, il était triomphant. Rien de mal n'arriverait à Justin Case, puisqu'il n'existait pas.

5

Justin – autrefois David – Case avait du pain sur la planche. Il lui fallait modifier son apparence, renoncer aux jeans larges et aux sweat-shirts de David, à ses tennis et à ses T-shirts, à ses chaussettes banales et à son anorak médiocre pour le genre de vêtements que Justin Case auraient portés. Dans quatre mois, il aurait seize ans. Dans son esprit, cette date avait toujours symbolisé une transformation radicale de sa vie. Pourquoi ne pas la devancer ?

Il descendit dans le hall et tomba sur Charlie, affairé à poser en équilibre un hippopotame en plastique sur le bord d'un porte-parapluie en porcelaine. Surpris, le bébé leva les yeux et lâcha l'animal dans l'abîme.

— Ce n'est pas grave, le rassura Justin.

Il plongea le bras dans le profond cylindre et tâtonna pour retrouver le jouet. Il le ramassa, ainsi que toute une poignée d'autres joujoux.

— Voici ton hippopotame, dit-il en plaçant l'objet sur la paume tendue de l'enfant. Ainsi qu'un zèbre, un lion, une chèvre, une girafe et une vache. Pourquoi ne joues-tu pas ailleurs ? C'est tout une arche de Noé qu'il y a là-dedans !

Je ne joue pas, riposta Charlie en remettant aussi sec les animaux les uns derrière les autres dans le porte-parapluie. Je réfléchis à la chute des corps.

Justin secoua la tête. Les tout-petits semblaient incapables de comprendre les principes les plus élémentaires.

— Comme tu voudras, commenta-t-il en ébouriffant les cheveux de son frère.

Sur ce, il ouvrit la porte et sortit dans la rue.

Il avait choisi un magasin de bienfaisance[1] du voisinage pour procéder à sa transformation pratique. Ces boutiques vendaient des milliers de rebuts qui avaient appartenu à d'autres existences ; l'une d'elles lui conviendrait sûrement. Il parcourut la courte distance qui le séparait de

1. En Angleterre, les magasins d'occasion dont les profits vont à des organisations caritatives sont très répandus.

son but en proie à une culpabilité mêlée de suspicion, comme un espion.

C'était bon. Il était en mission.

À l'intérieur de l'échoppe, il hésita, détaillant les portants de corsages démodés, de robes datant de la décennie précédente, de chaussures éraflées. La femme derrière la caisse, visage pincé et sourcils froncés, le toisa mais ne pipa mot. À ses yeux, il était forcément un jeune voleur paresseux qui, en ce dernier jour des vacances d'été, n'avait rien de mieux à faire que dépouiller les magasins de bienfaisance de leurs marchandises abîmées et dénuées de valeur.

Il lui retourna son regard peu amène, les iris durs et vides d'émotions. Je m'appelle Case. Justin Case. S'il avait envie d'essayer une chemise, il essaierait une chemise.

Il repéra le rayon homme au fond de la boutique, s'y rendit et choisit une chemise. Il la plaqua sur son torse. Il en émanait une odeur pas forcément plaisante : tabac froid, patates brûlées, savon à la noix de coco. L'idée d'adopter l'odeur d'un étranger ne lui avait pas traversé l'esprit ; elle lui donna une vague nausée. Fermant les paupières, il s'efforça de chasser l'image de sa tête.

Une voix toute proche manqua de le faire défaillir de frayeur.

— Essaye plutôt ça, conseillait-elle.

Un bras tendait une chemise en cachemire chocolat et lavande.

Lentement, Justin se retourna. La voix appartenait à une fille de dix-neuf ou vingt ans qui l'observait de sous une épaisse frange rose. Une couche de khôl noircissait ses yeux, sa bouche était ourlée avec soin d'un orange vif qui jurait parfaitement avec sa chevelure. Elle portait des bottes à talons compensés de dix centimètres de haut en serpent vert pâle, des collants aux motifs ahurissants, une jupe très courte, un corsage collant et transparent imprimé de personnages de dessins animés japonais par-dessus lequel était tendu un bustier élastique beige des années 1950. Un étui d'appareil photo était suspendu à son épaule.

Même Justin s'aperçut qu'elle avait des goûts vestimentaires plutôt originaux.

— Wouah ! s'exclama-t-il.

— Merci, répondit-elle, modeste. C'est la première fois que je te croise.

Penchant la tête sur le côté, elle remarqua la pâleur, les cheveux plats, les pommettes saillantes. Les cernes sombres sous les yeux. « Un jeune damné, songea-t-elle. Intéressant. »

— Quoi ? se cabra Justin, alarmé.

— Rien. Je me disais juste que tu trouverais ici des fringues extra si tu savais ce que tu cherches.

— Je sais parfaitement ce que je cherche.

Elle patienta.

— Tout, finit-il par admettre. Il faut que tout soit complètement différent de ça, ajouta-t-il en se désignant.

— Absolument tout ?

— Oui. J'ai besoin d'une nouvelle identité.

— Aurais-tu tué quelqu'un ? demanda-t-elle en souriant.

— Pas encore.

Les lèvres orange formèrent un petit « o ». Justin se détourna. Quand il revint à elle, l'inconnue continuait de le scruter.

— Es-tu un tueur en puissance ?

— Plutôt un tué en puissance, soupira-t-il.

Elle plissa les yeux.

— Tu es mêlé à un trafic de drogue ?

— Non.

— À un chantage ?

— Non.

— Tu es un témoin sous protection ?

— Non.

— Un espion ?

Il secoua la tête.

— Non, rien de ce style.

— Quoi, alors ?

Il se trémoussa sur ses jambes, se mordilla le pouce.

— J'ai découvert que mon ancien *moi* était maudit, avoua-t-il enfin.

— Maudit ?
— Poursuivi par la fatalité.
— Dans quel sens ?
— Je suis en équilibre instable, à deux doigts du désastre, et le compte à rebours a commencé.
Elle le dévisagea avec des yeux ronds.
— Ce qui explique pourquoi je dois tout transformer, précisa-t-il. Toute ma personne. Pour qu'on ne m'identifie pas.
— Qui c'est, « on » ? demanda la fille, front plissé.
— Le Destin, expliqua-t-il en baissant la voix. Mon destin. Le destin de David Case.
— Qui c'est, David Case ?
— Moi. Enfin, moi avant. Avant que je me mette à tout changer.
— Tu as changé de nom ?
Il acquiesça.
— Bref, tu fuis le destin, résuma lentement l'inconnue. Et tu crois vraiment que ça va marcher ?
Il haussa les épaules.
— Que puis-je faire d'autre ?
— Arrêter de croire à la fatalité ?
— Si c'était aussi simple, souffla Justin.
Longtemps, ni lui ni elle ne dirent plus rien. La fille examinait un de ses ongles dont le vernis vert pâle s'écaillait.

— Bah ! finit-elle par commenter avec une ombre d'amusement. Au moins, c'est *différent.*

Il la contempla, interloqué.

— Pas inintéressant, expliqua-t-elle.

— Ah bon ?

— Oui, je t'assure que oui, assura-t-elle en haussant un sourcil avant de tendre la main. Je m'appelle Agnes. Agnes Bee.

— Justin. Justin Case.

Elle tressaillit, digéra l'information. Puis, soudain, un sourire éblouissant étira sa bouche, et le ravissement illumina son visage. Il prit la main qu'elle lui offrait, étonnamment douce et chaude, la retint dans la sienne, hésitant, ignorant quand la relâcher. C'était la première fois qu'il touchait une femme plus âgée que lui.

— Je suis vraiment enchantée de te rencontrer, Justin Case.

Toujours aussi radieuse, Agnes se tourna vers l'un des portants et en sortit une chemise rouge coquelicot à manches longues et jabot. Elle la fourra dans les bras de Justin, en plus de celle en cachemire chocolat et lavande.

— Essaye-les. Moi, je continue à regarder ce qu'ils ont.

— Je ne pense pas, non, objecta Justin en considérant les vêtements.

Comme elle ignorait sa remarque, il soupira puis entra dans la minuscule cabine d'essayage située au fond de la boutique. Il avait à peine la place de s'y tourner.

La première chemise lui allait. Il la boutonna, chercha un miroir. Brusquement, Agnes tira le rideau de la cabine, et il tomba nez à nez avec son portrait en gros plan inversé, du mauvais côté d'un Nikon DX 55 mm. Clic-clic-clic, clic-clic-clic. Trois prises par seconde. Deux secondes. Justin bondit en arrière en poussant un couinement surpris. Agnes émergea de son côté de l'appareil.

— Quoi ?

— Comment ça, quoi ? *Ça.*

Elle fronça les sourcils.

— Tourne-toi que je te voie.

Il obtempéra.

— Pas mal du tout, commenta-t-elle, assez contente.

Elle posa son Nikon par terre pour ramasser une petite pile d'habits.

— Je surveille ces trucs depuis des mois, reprit-elle. Je guettais la personne idéale.

L'idée d'être la personne idéale séduisit Justin à un tel point qu'il essaya tout ce qu'elle lui avait apporté en s'efforçant d'aimer ses choix. Il y avait là une chemise à fleurs turquoise, un gilet marron étroit dont il se dit qu'il était pour femme, et un pantalon de toile blanche qu'il dut sangler avec une ceinture. Il enfila l'ensemble et s'extirpa de la cabine, nerveux.

Clic-clic, clic-clic-clic. Cinq clichés visant sa tête avec une précision mortelle. Agnes baissa l'appareil, procéda à une inspection.

— Parfait, décréta-t-elle. Tu prends le tout. Tu sais que tu as eu beaucoup de chance que je sois là aujourd'hui ? ajouta-t-elle en tournant légèrement le cou, les yeux plissés.

Il acquiesça, dubitatif.

— Naturellement, ce n'est qu'un début, poursuivit-elle.

Ayant repéré un sac de bowling en vinyle rouge et blanc, elle s'en empara vivement. Justin l'observait. Il ne comprenait rien à ce qui se passait, mais cette sensation s'accordait très bien à sa nouvelle vie d'étranger. Elle avait même quelque chose de rassurant.

Agnes porta les affaires à la caisse, prit le petit tas de coupures froissées de cinq livres que lui tendait l'adolescent et le donna à la gérante mal aimable. Les billets avaient l'air d'avoir été entassés dans une tirelire pendant des années, ce qui était le cas.

— Il n'a rien d'autre, lança Agnes à la naine revêche. Il faudra vous en contenter.

Tandis que la mémère grommelait, la jeune fille fit défiler les photos qu'elle avait prises.

— Tu es aussi photogénique qu'un ange,

Justin Case, annonça-t-elle, solennelle, en relevant la tête.

Était-elle en train de lui proposer de poser pour un site pédophile ou un article de fanzine sur les ravages de la mode ?

— Laisse tomber, enchaîna-t-elle devant son air ébaubi. La prochaine fois, je t'apporterai des preuves.

Quelle prochaine fois ?

— J'ai énormément apprécié cette première rencontre.

Il tenta de lui sourire, ne produisit qu'une grimace tordue et timide. Clic-clic-clic.

Alors qu'ils se dirigeaient vers la sortie, Agnes remarqua un jean noir impeccable à moitié dissimulé sous une pile de chemises. Elle s'arrêta net, repêcha sa trouvaille et la lança à Justin.

— Essaye-ça.

Elle attendit devant la minuscule cabine pendant qu'il enfilait le pantalon. Il lui allait comme un gant. Une fois encore, elle écarta la tenture.

— C'est pas à se damner ? s'enquit-elle d'une voix enjouée.

Il hocha le menton. Oui, effectivement, c'était à se damner.

6

Permettez-moi de me présenter.

Je m'appelle Kismet. C'est turc, du persan *qismat,* de l'arabe *qisma,* lot, de *qasama,* diviser, répartir. Syn. : Sort. Providence. Destinée. Chance.

La fatalité.

C'est moi qui ai le doigt sur le plateau de la balance, sur la gâchette du revolver, sur les freins de la voiture. Moi qui choisis le sperme, l'œuf, qui vit et qui meurt.

Le destin donne, le destin reprend.

Mais nous parlions de David.

Ce pauvre petit inconscient de David, agrippé

à sa pauvre petite existence rabougrie. On en rirait presque.

Presque.

Toi. Approche, que je chuchote à ton oreille.

Ton ami, ton personnage, ton *David* est un imbécile. Un idiot. Un souriceau blanc au nez rose qui frémit.

J'ai ma patte sur sa queue. Regarde ce qui se passe quand je la soulève.

Tu vois ? Qu'il se sauve un instant. Pour le moment, je n'ai pas faim.

Plus tard, peut-être.

Je t'avertirai.

7

Les parents de Justin refusèrent de s'adresser à lui par son nouveau prénom.

— Enfin voyons ! Nous t'avons appelé David pendant des années. Ce serait complètement artificiel !

Il ne tenta même pas de leur expliquer sa malédiction, conscient qu'ils ne lui prêteraient guère d'attention, tout entiers aux premiers pas, premiers mots et premiers pipis sur le pot se déroulant ailleurs dans la maison.

Justin était à peu près certain que, à moins de le découvrir avec un pistolet dans une main et une lettre d'adieu dans l'autre, ils ne s'inquiéteraient pas outre mesure des raisons et de l'intensité de ses angoisses. Il s'en fichait. Il n'attendait rien d'eux, qui avaient d'autres soucis. Ils avaient essayé d'être de bons parents, s'étaient occupés de lui petit, l'avaient emmené au zoo et au foot, lui avaient acheté des friandises, avaient feint d'envoyer sa liste au Père Noël, lui avaient offert une vidéo d'éducation sexuelle.

Il admettait également que son frère était plus mignon et plus obéissant qu'il l'avait été. Que Charlie représentait un défi philosophique de moindre envergure. La préférence de ses parents pour le bébé était logique, de même que leur imperméabilité à la damnation de l'aîné. Lui-même n'était pas très sûr de la saisir, d'ailleurs.

Ayant lu dans les suppléments dominicaux des journaux que les adolescents avaient tendance à se comporter de manière excentrique, ils s'étaient retenus de commenter sa récente métamorphose, même si Justin avait remarqué que sa mère épiait parfois sa bouche quand il parlait. Il la soupçonnait d'y chercher un piercing, une idée qui lui tournait le cœur. Qu'elle le crût capable de s'abaisser à ce niveau l'attristait.

— Bonjour, David, le salua-t-elle, comme d'habitude, le matin où il descendit petit-déjeuner habillé d'une chemise coquelicot à jabot et d'un pantalon blanc sanglé par une ceinture.

Elle jeta un coup d'œil à son mari, et ils échangèrent un regard trahissant une inquiétude partagée depuis un bon moment. Repliant son journal, le père de Justin se racla la gorge.

— David, commença-t-il sur un ton annonçant une déclaration officielle.

Justin, qui portait une cuiller à ses lèvres, interrompit son geste.

— David, j'aimerais... enfin, *nous* aimerions savoir, ta mère et moi, sans curiosité malsaine, juste pour être au courant, si... hum... euh... Tu n'es pas homosexuel, hein ?

Justin ouvrit la bouche et avala le contenu de sa cuiller avant de reposer cette dernière dans son bol. En face de lui, son frère suçotait un abricot.

Non, non, non ! s'esclaffa l'enfant en agitant les bras avec emphase, sans s'adresser à quiconque en particulier.

— Parce que si tu l'es, enchaîna son père, nous tenons à te dire que ça ne nous pose aucun problème.

Justin mâcha, avala. Ses parents se dévisagèrent.

— Alors ? insista sa mère, anxieuse.

— Hmm ? fit Justin comme s'il découvrait soudain leur présence.

— Es-tu... ben, tu sais, quoi, murmura-t-elle en rougissant.

— Homo ! cria son père, exaspéré.

Justin souleva sa cuiller, médita la question. Du

lait en profita pour dégouliner sur la table. Homosexuel ? Cela ne lui avait pas traversé l'esprit. Pourquoi pas ? Tout était possible.

— Pas que je sache, finit-il par répondre.

Son père soupira avec agacement avant de retourner à son journal.

— Tant mieux, grogna-t-il. La vie est déjà assez compliquée sans avoir en plus une pédale pour fils.

8

La rentrée des classes eut lieu le mardi suivant.

La radio réveilla Justin en braillant à sept heures tapantes. Ahuri, le sang battant à toute vitesse dans ses organes affolés, il s'assit droit dans son lit. De tout l'été, il ne s'était pas levé avant midi. Ronchon, il actionna brutalement le bouton de rappel pour faire taire le vacarme avant de se rendormir aussitôt. À la quatrième alarme, il s'assit et tira un des rideaux de la fenêtre.

Il pleuvait des cordes.

La lumière était si faible que Justin distinguait à peine la rue. Il soupira, aussi réjoui face à la perspective d'une nouvelle année scolaire qu'un ver de terre face au bec d'un oiseau. J'aimerais bien avoir un chien, songea-t-il en cherchant sous son lit sa nouvelle chemise en cachemire et son pantalon blanc. Il se leva, un bras passé dans une manche, l'autre ballant à son côté. Tout à coup, il avait l'impression que s'il arrivait aujourd'hui au lycée avec un nouveau prénom, des vêtements neufs et un chien – le lévrier le plus élégant du monde – il parviendrait à survivre. Malheureusement, il n'avait pas de lévrier, et les chances d'en avoir un avant ses trente-huit ans semblaient extrêmement minces. Il était déjà huit heures dix.

Il dit au revoir à sa mère, prit Charlie dans ses bras et le fit tourbillonner jusqu'à ce qu'il piaille de joie. Puis, après avoir serré la main de son père, il s'en alla vers son destin.

La perspective d'avoir un animal domestique, même imaginaire, l'apaisait. À mi-chemin de l'école, il s'arrêta sous la bruine de façon à ce que son chien puisse renifler les lampadaires, les arbres, les oiseaux morts.

— Ici ! Au pied ! lança-t-il d'une voix allègre.

La bête était dotée d'une élégance naturelle mêlée de quiétude, de dignité et de sagesse. Il posait sur le monde de doux yeux pleins d'une compassion sereine. Son corps était délié et distingué, son torse solide, ses pattes fortes et bien dessinées. Une formidable combinaison de présence physique et spirituelle. Aucun doute, nul chien ordinaire, nul chien mortel ne rivalisait avec... avec... avec Gaillard.

Cher Gaillard ! Ce n'était pas un vulgaire caniche, n'importe qui s'en rendait compte.

Devant les grilles du lycée, Justin plongea dans une foule excitée de particules humaines bourrées d'hormones qui rebondissaient au hasard les unes contre les autres avant de finalement converger en groupes de deux ou trois, qui s'affairant au séculaire trafic de cigarettes et au non moins séculaire échange de mensonges à propos de conquêtes sexuelles estivales, qui ravivant de vieilles amitiés et qui renouant avec des rancunes gardées intactes durant les vacances.

Cette rentrée réservait d'infinies promesses dorées : nouvelles victimes offertes aux brutes épaisses, nouvelles excuses pour sécher les cours, nouvelles opportunités de continuer ce que les parents, avec un ridicule consommé, appelaient éducation.

— Hé, Case ! Chouette liquette !

Suivit un ululement de loup.

Il s'agissait bien d'éducation, à la réflexion.

Justin adressa des signes de tête, salua divers individus qu'il fréquentait, pour l'essentiel, depuis l'école primaire. Certains pouvaient être qualifiés d'amis, d'autres de simples relations. La plupart connaissaient son prénom.

Cela n'allait pas être simple d'expliquer sa nouvelle identité.

Il se tourna vers Gaillard, et le lévrier glissa son museau velouté dans sa main, l'y laissant le temps de communiquer à son maître force, grâce et sagesse. Justin se sentit brièvement illuminé par ce contact, fortifié par la présence de cet animal fabuleux.

— *Holà !*

Il leva les yeux. Peter Prince était blond, immense et maigre, pourvu de genoux saillants et d'un sourire éternellement heureux. Il était connu (pour autant qu'il pût l'être) à cause de son étrange génie en matière d'astronomie. Lui et Justin ne se croisaient qu'en cours d'espagnol et d'histoire, domaines dans lesquels ni l'un ni l'autre n'excellaient.

— L'été a été bon ?

— Oui, à condition d'aimer les souffrances psychiques.

— Dommage ! Et je ne pense pas qu'aujourd'hui va améliorer les choses.

— Non.

Peter l'observa attentivement, l'air d'éprouver une réelle compassion. Pour sûr, il y avait quelque chose de changé, en David Case. Ce n'était pas seulement les habits, bien que ces derniers suggérassent une calamité quelconque. C'était une expression de malaise. À la limite de la crise. Non que David eût jamais réussi à paraître banal de manière convaincante ; même s'il s'en était sans doute persuadé lui-même, comme la majorité des gens. Plissant le nez, Peter essaya de rassembler le puzzle mais, avant qu'il fût parvenu à une conclusion, la cloche retentit, et tous deux furent portés par une vague d'humanité grouillante dans le hall principal de l'édifice victorien.

Pour sa première heure, Justin s'assit à la droite de Peter. Gaillard était allongé à ses pieds.

— Bienvenue, ravi de vous revoir parmi nous, etc., etc., etc., marmonna M. Ogle.

Il avait les traits las d'un ouvrier venant d'achever ses quarante-huit heures de labeur à la chaîne. Onze secondes de rentrée scolaire, et il transpirait déjà l'épuisement.

— Vous êtes sûrement aussi heureux que moi d'être ici. Il ne me reste qu'à espérer que cette année... (il scanna la salle, trente visages innocents ou insolents, mais essentiellement indifférents) sera une épreuve moins redoutable que la dernière.

La classe s'agita, dubitative. M. Ogle ouvrit le cahier d'appel. Le cœur de Justin se mit à battre. On y était !

— Archer, James.

— Ouais.

— Bodmin, Amanda.

— Ici.

— Cadaprakash, Matthew.

— Oui.

— Case, David.

Justin leva mollement la main.

— C'est Justin.

M. Ogle s'interrompit, scruta le registre.

— Je lis David. *David* Case. À moins que je commette une erreur grossière.

Le garçon secoua la tête.

— Non. C'est Justin.

— Justin Case ? *Just-In-Case*[1] ?

Les traits de l'enseignant s'animèrent soudain, ce qui n'arrivait jamais.

— S'agit-il d'une plaisanterie ? s'enquit-il.

Pour les élèves, évidemment. C'était déjà assez incroyable que David Case ait débarqué au bahut habillé aussi bizarrement. Voilà qu'il avait également changé de prénom ? Les tensions de ce premier jour se dissipèrent en gloussements timides qui, suivant le sens des aiguilles d'une montre, se répandirent à travers la pièce, et gagnèrent en intensité jusqu'à ce que les pairs de Justin s'étranglent puis hurlent de rire, des larmes de joie leur coulant sur les joues.

Peter contempla ses mains, embarrassé pour le lycéen autrefois connu sous le nom de David.

---

1. Voir note page 23.

M. Ogle flanqua un grand coup de cahier sur le mur – Vlan ! –, et ses pupilles hilares se turent brutalement. Le silence qui s'installa avait une qualité joyeuse et éreintée, et Justin s'enfonça sur son siège, souhaitant dès lors passer inaperçu. Malheureusement, les quarante minutes suivantes, ponctuées de coups d'œil à la dérobée, de ricanements et de murmures, réduisirent ses espoirs à néant. À l'instant où le cours s'achevait, il se leva, se fit invisible et, sans regarder à droite ni à gauche, avança d'un pas ferme. Mieux valait éviter de se débattre, il en était parfaitement conscient. Tant que l'eau ne se tachait pas de sang, il ne risquait rien.

Même s'il s'en moquait, pensa-t-il. Il avait d'autres chats à fouetter. D'autres chats avaient à le fouetter.

Sur un sourire plein de sympathie et un geste d'adieu, Peter fila vers sa leçon suivante, tandis que Justin s'armait de courage afin d'affronter une journée d'humiliation. Le nombre de ses rares alliés diminua au fur et à mesure des heures. La plaisanterie ravit des auditoires tout prêts à réagir durant six autres cours.

À quinze heures trente précises, la sonnerie retentit, et il rentra chez lui, claqua la porte d'entrée et s'affala sur une chaise. Sa mère leva la tête du linge propre qu'elle était en train de plier et lui sourit.

— Comment s'est passée cette rentrée, chéri ?
— Un enfer.
— Et les cours ?
— Une torture.
— Tes copains ?
— Des ordures.

Sa mère le dévisagea, soucieuse.

— Tu n'as pas d'ennuis, n'est-ce pas, David ?

Elle médita sa propre question, sourcils froncés. S'il n'était pas homosexuel, se pouvait-il qu'il fût dyslexique ? Les journaux à sensations mentionnaient souvent la dyslexie (mauvaise qualité des cantines, surpopulation scolaire, immigration, pères absents) comme source d'ennuis à l'école.

— David, mon chéri, tu sais différencier « foi » de « ouaf », n'est-ce pas ?

Justin ouvrit de grands yeux. Quelle drôle de question. Il ignorait que sa mère eût une inclination pour la métaphysique. Foi ? Ouaf ? Y avait-il une telle différence ? Tendant la main, il caressa le cou long et souple de son ouaf-ouaf pour se rassurer.

— Personne ne t'embête, hein ?

— Pas bête ! Zoziau ! interrompit Charlie qui posa son âne pour battre des bras comme s'il avait des ailes. Vole !

Justin l'observa, soupçonneux et déconcerté par cette suggestion (était-ce seulement une suggestion ?). Il avait souvent l'impression que son petit frère en savait plus qu'il ne le montrait. L'enfant lui sourit d'un air victorieux.

Justin se retourna vers sa mère et lui assura qu'il n'était le souffre-douleur de personne au lycée. Certes, il était un souffre-douleur, mais pas celui d'une grosse brute d'élève. Elle ne fut pas pour autant tranquillisée.

— Arrête de t'agiter, David, que je te regarde un peu. Je crois que tu es en train d'attraper un tic.

En soupirant, il se leva, grimpa l'escalier et s'enferma dans la salle de bains.

Il y resta jusqu'à ce que de doux claquements griffus sur le plancher, un bruit de chute et les ronflements discrets et rassurants de Gaillard dans le couloir l'eussent convaincu qu'il pouvait sortir sans risque.

9

J'aime vraiment beaucoup David.

Non, ce n'est pas vrai. Je me fiche de lui comme d'une guigne.

Je pourrais m'arranger pour qu'un taxi l'écrase. L'accabler d'une maladie incurable.

Pire encore, je pourrais l'ignorer complètement. Le laisser vivre sa chienne de vie à Luton avec une bombe à retardement en guise de cœur et une triste épouse à la tendresse envahissante.

Mais j'aime à me divertir de temps en temps.

Et c'est un si bon partenaire de jeu.

10

Justin survécut à sa semaine de rentrée.

Grâce à la présence constante de Gaillard, il réussit à tenir son rôle de membre moyen de la société adolescente, quoique de plus en plus isolé. Ses amis renoncèrent à tenter de l'inclure dans leurs conversations : ses fringues étaient zarbi, et il ne répondait plus à son prénom, une affectation particulièrement irritante. De moins en moins de gens se donnèrent la peine de lui adresser la parole avant les cours, de s'asseoir à côté de lui à la bibliothèque ou même de lui demander à quelle heure il irait déjeuner. Lui n'avait pas prévu que sa nouvelle identité le plongerait dans une telle solitude.

Pourtant, Peter Prince choisit la douche voisine de la sienne, après le cours d'éducation physique.

— Salut ! lança-t-il joyeusement.

Justin releva les yeux, content d'être remarqué.

— Salut !

— Où es ton chien ?

Le puissant jet de l'eau ayant couvert en partie les mots de Peter, Justin crut avoir mal compris.

— Pardon ?

— Ton chien.

— Oui ?

— Il ne t'accompagne pas, aujourd'hui ?

Justin contempla Peter.

— Très drôle.

Peter sortit la tête de la douche, dégoulinant.

— J'adore les lévriers, confia-t-il avec timidité.

— Mon chien est imaginaire, rétorqua Justin, peu amène.

— Oh ! Ce n'est pas très courant, ça.

Peter semblait intéressé. Justin se réfugia sous sa propre douche. Quand il en ressortit, l'autre était toujours là.

— C'est moins de travail, reprit-il, radieux. Quand le chien est imaginaire, je veux dire. Ça réduit tout ce qui est promenade, nourriture, etc.

Sous les yeux ahuris de Justin, Peter tourna l'énorme vieux robinet, se drapa dans une serviette grise humide de la taille d'un torchon et regagna son casier en aspergeant le carrelage irrégulier.

Le lendemain, alors que Justin quittait le lycée pour rentrer chez lui, Peter l'accueillit avec un sourire et lui emboîta le pas. Regardant du côté de la jambe gauche de Justin, il dit :

— Salut, Gaillard.

Ce dernier s'approcha de Peter et s'appuya brièvement contre lui. Justin n'en revenait pas. Les frontières entre réalité et imaginaire se mirent à vaciller dangereusement. Peter sortit une balle de tennis de son sac et la lança dans la cour. Le chien bondit en avant, si vif qu'il en devint flou.

— Wouah ! s'exclama Peter, ravi. Qu'il est chouette ! C'est une race très ancienne, tu sais. Une race de rois. Les pharaons les utilisaient pour chasser le lion.

Justin le contempla.

— Seuls les guépards sont plus rapides. Par rapport à leur poids, ils ont un cœur énorme. De la même taille que le nôtre.

Justin médita ces informations. Gros cœurs, longues jambes. Ajoutez-y un cerveau un peu plus important, et ils domineraient le monde. Il continua à marcher, tandis que son chien et Peter Prince gambadaient à ses côtés.

— D'où tiens-tu toutes ces connaissances sur les lévriers ?

Peter parut gêné.

— Je lis beaucoup, marmonna-t-il.

Ils avancèrent sans rien dire pendant quelques instants, Peter réfléchissant aux lévriers, et Justin réfléchissant à Peter. Ils n'avaient pas grand-chose en commun, à première vue. Peter pensait-il qu'ils pouvaient devenir amis ? David avait eu des amis, autrefois, essentiellement des relations basées sur le besoin – un partenaire pour taper dans le ballon, quelqu'un qui possédait des jouets mieux que les siens. Apparemment, la démarche de Peter n'était motivée que par une envie de s'attacher à Justin et à Gaillard. Leur seule compagnie lui suffisait.

Devant chez Justin, Peter ne s'arrêta pas. Agitant la main, il poursuivit sa route. Justin le suivit des yeux, mais il ne se retourna pas. Bah ! songea-t-il. Au moins, Gaillard l'apprécie. À la façon dont ils se sont tout de suite entendus, on pourrait croire que ce sont de vieux copains.

Mais Gaillard est mon chien !

Et si c'était un complot ? Ils étaient peut-être de mèche ? Peter était le contact de Gaillard chez les humains, les renforts. Justin regarda le lévrier. Il avait réussi à glisser son derrière étroit sous le radiateur de la cuisine, histoire de s'octroyer un peu de chaleur, et ronflait tout son soûl.

Je ne peux même pas faire confiance à mon propre chien, se dit Justin. Tomber plus bas, il n'y a pas.

11

En l'absence de compétiteurs, Justin se mit peu à peu à envisager Peter comme un ami. Socialement, Peter n'était pas vraiment un atout. Mais il était altruiste, intelligent, et sa constance plaisait à Justin.

Au lycée, leur amitié attira l'attention, comme à peu près tout à cet âge-là.

— Hé ! Regardez ! C'est Stephen Hawkins[1] et Case Vide !

Un groupe de garçons plus jeunes au teint terreux occupaient à toute heure un mur à l'exté-

1. Stephen Hawkins : astrophysicien britannique atteint de la maladie de Charcot (une paralysie progressive qui débilite le corps).

rieur de l'école, poignardant des frites molles et grasses avec des fourchettes en bois en raillant tout ce qui bougeait. Peter s'arrêta et les observa avec un détachement clinique.

— Parfois, je me demande comment fonctionne leur cerveau, dit-il avant de reprendre sa route en compagnie de Justin. Et si le processus visant à avilir les autres ne comporterait pas un mécanisme permettant de relâcher la sérotonine. Ce qui expliquerait pour beaucoup la nature endémique du sadisme.

— Ce ne sont peut-être que des crétins. Si ça se trouve, ils ont été victimes d'un syndrome d'abrutissement fœtal dans le ventre de leur mère.

— C'est tout à fait probable, sourit Peter. N'empêche, parfois, on s'interroge.

— *Tu* t'interroges.

Alors qu'ils passaient devant un autre groupe de moqueurs, Peter trébucha, renversant d'un coup de coude habile l'un des meneurs. Le garçon chuta du mur avec un bruit extrêmement satisfaisant. Justin et Peter s'enfuirent sous une bordée d'injures. Ils ralentirent quelques centaines de mètres plus loin, hilares.

— Bien joué, remarqua Justin.

— Ça ne le rendra pas plus amical la prochaine fois.

— Tu souhaites y retourner pour réhabiliter sa réputation ?

Peter sortit la balle de tennis de son sac. Ils étaient au niveau du terrain communal de Luton, et il lança l'objet sur le sol, afin que Gaillard se dégourdisse les pattes.

— Je voulais te demander..., commença-t-il sans regarder Justin. (Gaillard rapporta la balle, et il la lui jeta de nouveau, dessinant un grand arc de cercle.) Qu'est-ce qui t'a poussé à... enfin... pourquoi as-tu changé de prénom ?

Justin s'arrêta net.

— C'est une longue histoire, répondit-il.

Gaillard attrapa la balle à mi-course, la déposa soigneusement par terre, et revint vers les garçons sans elle. Justin lui caressa la tête.

— N'as-tu jamais eu le sentiment que le destin en avait après toi ? s'enquit-il.

— Non, murmura Peter en plissant le front. Toi, si ?

— Oui.

— C'est étrange... quel rapport avec ce nouveau nom ? ajouta-t-il après un instant de réflexion.

— Il fait partie de mon déguisement.

— Pardon ?

— Je me déguise pour tromper la fatalité. Je me cache.

— Tu te caches ?

— Oui.

— De la destinée ?

Justin acquiesça.

— La vache ! marmonna Peter en clignant des yeux. Tu es sérieux, là ?

— Oui.

Le silence qui suivit dura le temps qu'ils parcourent les trois quarts de l'étendue d'herbe desséchée.

— Intéressant, finit par commenter Peter d'une voix lente. Bien sûr, j'ai déjà pas mal réfléchi à la prédestination, pas exactement dans le sens où tu l'entends, néanmoins. Il m'arrive d'avoir l'impression de me souvenir d'une chose qui ne s'est pas encore produite, ou plutôt je ne suis pas sûr de savoir si elle s'est réellement produite et si ce n'est pas moi qui l'ai tout simplement oubliée.

Il fit une grimace penaude, reprit néanmoins :

— Si nous partons du principe que l'univers est cylindrique, et que l'énergie finit par se rejoindre, alors peut-être que les pensées courent également à l'extérieur du cylindre, se répétant à l'infini. (Cette perspective parut le ragaillardir.) Cela signifierait donc qu'une pensée *peut* s'être produite – c'est-à-dire qu'elle a pris place quelque part dans l'univers – à l'extérieur du cylindre, mais ne peut pas m'être attribuée à *moi* en tant qu'individu. Ou du moins, pas encore.

Justin le contempla avec hébétude.

— Exemple : tu fais un rêve récurrent, seulement tu ne sais pas si tu as déjà fait le même rêve ou si tu as rêvé que tu l'avais fait, expliqua Peter en dévisageant Justin avec espoir. Ce qui renvoie à la réduction des limites entre *réalité*, autrement dit une dépense *active* d'énergie, et *pensée*, ou énergie *passive*. D'une façon ou d'une autre, l'existence de l'acte ou, dans ce cas, du rêve, est indubitable. La question qu'il faut se poser, c'est *comment* cet acte existe, et comment nous déterminons l'énergie de la pensée par opposition à l'énergie de l'action. Ce qui reviendrait à soulever un problème vraiment passionnant.

Il s'arrêta.

— Prends Gaillard, enchaîna-t-il. Existe-t-il ou pas ? Tu le vois, je le vois. Est-ce suffisant pour témoigner de son existence ? Il existe sûrement un moment où une idée évoquée par plus d'un esprit finit par acquérir une réalité, non seulement au sens philosophique du terme, mais au sens où elle devient *l'objet* d'une dépense d'énergie. Le concept de pensée comme énergie me fascine, une énergie aussi valable que... celle d'un chien qui court, conclut-il en observant Gaillard qui pourchassait un écureuil.

Le chien décida de laisser sa liberté à la bestiole paniquée, qui grimpa se réfugier en haut d'un arbre.

— Ce n'est pas exactement ce qu'on appelle le Destin, précisa Peter avec un sourire d'excuse, mais ça reste pertinent à sa façon, me semble-t-il.

Justin avait le vertige devant pareille intelligence en mouvement. Son propre cerveau plana lourdement avant de s'écraser au sol, tâtonnant interminablement pour trouver l'insaisissable stabilité de la réalité. Il existait des recoins sombres, des catacombes lugubres bordées par les cadavres du doute, de l'incompréhension et de la paranoïa dans lesquelles ils ne souhaitait pas s'aventurer. Son cerveau à lui ne luttait pas au corps à corps avec des théories, il se débattait avec la *peur*.

Ils marchèrent en silence. Quelques centaines de mètres plus loin, là où la route se séparait, Justin s'arrêta en se demandant s'il ne fallait pas émettre un ultime commentaire. Rien ne lui vint.

— Au revoir, se contenta-t-il donc de dire.

Peter le regarda s'éloigner.

— Justin !

Ce dernier se retourna.

— Je... je crois que tu devrais rencontrer ma sœur. Elle t'apprécierait. Enfin, je crois que tu l'aimerais bien aussi. (Sourire gêné.) Bref, ce serait chouette que vous fassiez connaissance.

Justin se borna à hocher la tête, mais Peter

parut content, comme si quelque chose d'important venait de se conclure.

Chacun rentra chez lui, plongé dans ses réflexions.

12

La vie continua de pourchasser Justin. La semaine suivant la rentrée, alors qu'il se rendait aux vestiaires après son cours d'éducation physique, il fut arrêté par l'entraîneur d'athlétisme.

— Dis donc, Case ! aboya l'homme. Tu n'as jamais pensé à faire du cross ?

Gaillard redressa les oreilles. Il aimait courir. Quant à Justin, il se retourna, croyant qu'on s'adressait à quelqu'un derrière lui.

— Hé, c'est à toi que je parle, Case ! Tu m'as entendu ?

Justin hocha la tête.

— Alors, ça te tente ? On manque de gars, cette année.

— Mais je ne sais pas courir.

— N'importe quoi ! Regarde-toi. Avec un peu d'entraînement, tu pourrais courir toute la sainte journée.

Justin vrilla un œil à la fois ahuri et soupçonneux sur l'homme. David Case n'avait jamais eu l'air d'un coureur de fond. Changer de chemises était une chose, assumer un corps totalement différent en était une autre.

— Dis-moi, Case, tu n'es pas demeuré, hein ? s'impatienta l'autre. Parce que ça te disqualifierait.

Justin secoua le menton : *Je hais le sport*. Puis : *Génial*. L'entraîneur leva les yeux au ciel, exaspéré.

— Une réponse, Case. Une réponse me suffira.

— D'accord, accepta donc Justin.

Gaillard remua la queue.

Quand il apprit la nouvelle, Peter se réjouit.

— Tu vas adorer ça, décréta-t-il. Pas au début, bien sûr. Au début, c'est horrible. Mais on finit par s'habituer.

Justin ne s'attendait pas à aimer ça, ni maintenant ni jamais. Le cross lui semblait être une espèce de punition perverse qu'on s'infligeait à soi-même, une torture consistant en courses interminables et éreintantes à travers la laideur des paysages de banlieue, un supplice qu'aurait inventé un sadique facétieux dont la vie n'aurait cessé d'être flétrie par la médiocrité.

L'équipe du bahut n'avait jamais gagné une seule compétition. L'entraîneur n'avait jamais découvert de futur champion olympique. Aucun garçon n'était, des années plus tard, revenu au lycée public de Luton pour raconter comment la course avait joué un rôle formateur, voire fondamental, dans son existence. Le complément de salaire que l'entraîneur recevait pour les trois après-midi par semaine qu'il sacrifiait au mépris et à l'indifférence de quinze adolescents dénués de talent ne constituait, au regard de l'étendue de son désenchantement, même pas le début d'une compensation.

Bien que conscient de tout cela, Justin fut secrètement ravi d'avoir été distingué parmi ses médiocres pairs. Personne n'avait jamais suggéré qu'il pût courir, encore moins toute la sainte journée. David Case n'était pas un athlète, évidemment. Mais Justin ? Justin recelait un potentiel énorme.

Sans même qu'il s'en aperçût, son corps avait commencé à se modifier. Ces dix-huit derniers mois, il avait grandi de quinze centimètres. Ses jambes, toujours trop longues par rapport à son torse, s'étaient encore étirées, et ses pieds avaient pris deux pointures et demie. Il restait cependant mou et lent, et il fallait beaucoup d'imagination pour envisager qu'il changerait cela un jour.

Son premier entraînement impliqua des tours de piste sur le stade du lycée à une vitesse qui lui sembla excessive. Gaillard gambadait joyeusement autour de lui. Au bout de dix minutes, Justin fatigua. Au bout de trente, il s'écroula sur le bord du terrain, haletant, les jambes tremblantes et tétanisées par les crampes, les poumons en feu, la gorge sèche, l'estomac retourné. Gaillard lui lécha la figure avant de s'allonger avec langueur à côté de lui pour piquer un roupillon.

— Gros nul ! lui lança un de ses coéquipiers.

L'un après l'autre, les gars défilèrent devant lui, effleurant la surface grise de la piste, chacun s'efforçant de trouver l'insulte la plus amusante.

— On cale, la vieille ?

— Alors, ma poule, on a du mal à bouger son joli popotin ?

— Quelle tête de nœud !

— Du cran, Case Vide !

Cette dernière, de la part de l'entraîneur. Justin entendit à peine les injures. Il était bien trop occupé à essayer de réinsuffler un peu d'oxygène dans son cerveau.

Peter passa à son tour devant lui. Il ne dit rien, mais son silence transpirait la compassion.

Sept des quinze garçons de l'équipe avaient été choisis pour leur aptitude à semer la police locale ; cinq autres n'étaient là qu'à la suite d'un chantage – leurs notes étaient si faibles qu'il avait bien fallu trouver une excuse pour les garder au lycée. La plupart de ces types profitaient des pauses pour s'en griller une près de la piste.

Ne fumant pas, Justin continua à courir. Cela lui permit de découvrir que, après tout, l'entraîneur ne s'était pas entièrement fourvoyé. Au fur et à mesure que les jours défilaient, il s'améliora progressivement, humble devant ses propres progrès. Bientôt, une fermeté nouvelle souligna les contours des muscles de ses jambes. Il devint élancé et rapide. Encore mieux, il se rendit compte qu'il pouvait courir plus ou moins indéfiniment. Certes, sa poitrine finissait par être comme écrasée par le manque d'air ; certes, arrivait un moment où son corps criait grâce, mais la douleur était plus longue à s'installer, elle était moins insistante, plus familière. Peu à peu, il réussit à tenir plus longtemps, et lorsqu'il parvint à maintenir l'allure de Peter, il éprouva une sensation triomphale.

Son chien l'aidait en galopant avec élégance et souplesse à son côté, sans effort apparent. Quand Justin cédait au découragement, il se concentrait sur les mouvements stylés et la grandeur d'âme de Gaillard.

Je suis un lévrier, songeait-il en trottant. *Je suis le roi des chiens. Je vole au-dessus du temps et de l'espace à la vitesse de la pensée. L'inconnu est ma proie, je le rapporte sur terre d'un seul bond merveilleux.*

Il ressentait la syncope de ses pattes sur la piste, la façon dont son museau étroit fendait le vent et l'absence de bruit excepté le battement de son cœur vaste et noble. Il courait en silence. Il était un lévrier aérien, un lévrier de la vision, tout entier focalisé sur le lièvre qu'il pourchassait ; il était un arc tendu, une flèche qui tournoyait. Pendant de longues minutes d'affilée, il devenait joyeux et élégant.

Les quolibets cessèrent, de la part de l'entraîneur du moins.

— Combien j'ai fait ? demandait Justin, essoufflé, jambes molles, dégoulinant de sueur.

— Bon Dieu, marmonnait l'autre en scrutant son chronomètre. Dix mille mètres en un peu moins de trente-huit minutes.

La poitrine de Justin se gonflait de fierté. Quelques semaines auparavant, il titubait encore autour du stade. Il reprit espoir. Quelle que soit la catastrophe qui le menaçait, il arriverait peut-être à la semer.

13

Justin siffla.

Allez, Gaillard ! Viens, on va se promener. Le lévrier bondit aussitôt sur son maître, manquant de le renverser. C'était une belle bête, presque un mètre de haut au niveau des épaules. Justin la caressa derrière les oreilles. Bon toutou. Du coin de l'œil, il vit que sa mère l'observait en douce. Et alors ? se dit-il, grognon. Elle n'avait donc jamais rencontré de chien imaginaire ?

Elle avait l'air anxieuse, peut-être parce qu'elle s'inquiétait pour la sécurité de son petit frère en présence d'une créature aussi imposante ; Charlie ne montrait cependant aucun signe de frayeur. Et puis, sûrement, lui, Justin, était en droit de posséder un animal de son choix. En y réfléchissant d'ailleurs, pourquoi ses parents ne lui en avaient-ils pas acheté un ? S'il avait eu un vrai chien, il ne se serait sans doute pas senti aussi menacé.

Quoique... rien n'était moins sûr.

Justin avait envie de revoir Agnes, mais son désir était tempéré par l'incertitude. Très jeune, il n'était ni affable ni savant. Ni brillant ni sexuellement irrésistible. Il possédait certes un beau lévrier, sauf qu'il n'existait pas. Bref, il n'avait pas grand-chose pour lui.

Ce qui rendit d'autant plus surprenant le coup de fil que lui passa Agnes, un peu plus d'un mois après leur première rencontre.

— Justin Case ! Enfin ! Il y a douze Case dans l'annuaire. Il se trouve que ton numéro est l'avant-dernier de la liste.

Justin en resta comme deux ronds de flan.

— Allô ? Tu es là ?

— Je... C'est juste que...

Manquait plus que ça ! pensa-t-il. Voilà que je suis atteint de troubles du langage.

— Il faut que je te voie. Je te retrouve dans dix minutes au café sur West Street.

Elle raccrocha. Justin contempla le combiné. Pourquoi avait-elle téléphoné ? Souffrait-il d'amnésie ? Agnes et lui s'étaient peut-être souvent donné rendez-vous là-bas pour discuter de... des soubresauts de l'économie internationale. Il eut l'impression que sa vie lui échappait.

Il entra au café.

— Vous êtes seul ? demanda la serveuse sur un ton lourd de reproches.

— Deux. J'attends quelqu'un.

Sa voix à lui dérailla un peu.

La femme lui désigna une table coincée entre les toilettes et la cuisine. L'ignorant, il choisit une alcôve dans un coin avec vue sur la rue, s'y assit et commanda une tasse de thé. En s'obligeant à une modération exceptionnelle, il la fit durer quasiment la demi-heure pendant laquelle Agnes ne se montra pas. Le doute et le mépris de soi s'enracinèrent dans l'esprit de Justin.

Il s'apprêtait à régler la note ridicule et à ramper dehors en hurlant sa douleur psychique quand il aperçut le carré rose qui sautillait de l'autre côté de la vitrine. Ce jour-là, elle était déguisée en geisha – kimono aux couleurs vives, jupe-culotte courte en feutre vert, fond de teint blanc, énormes lunettes noires et socques aux semelles de quinze centimètres de haut. En bandoulière sur son épaule, un porte-document en plastique rayé. Avant d'entrer, elle lui lança un baiser. Justin se tassa sur son siège, gêné qu'elle l'eût fait attendre. Agnes approcha de la table, amusée.

— Bonjour, Justin Case. Je suis vraiment désolée d'être en retard.

— Bonjour.

Il fixait le plancher. Immobile, elle patienta jusqu'à ce qu'il relève la tête vers elle, puis glissa ses lunettes de soleil sur son nez et planta ses yeux dans les siens, un tout petit sourire aux lèvres, un sourire des plus séduisants.

— Je suis *extrêmement* contente de te voir.

— Je...

Il s'interrompit, à court de mots. Il tendit la main vers Gaillard, plongea ses doigts dans la peau élastique et tiède du cou de son chien. Je me demande si je suis amoureux. Ou si elle l'est. À ses pieds, Gaillard contempla son maître d'un air dubitatif.

Agnes s'installa délicatement en face de lui, agita un minuscule mouchoir décoré de fleurs de cerisier et commanda une infusion à la camomille avec la voix timide et douce d'une geisha. Lorsqu'elle se retourna vers lui, elle lui évoqua un insecte exotique à la face blanche. Que ses prunelles fussent à nouveau dissimulées sous ses lunettes le rendait nerveux.

Ramassant le porte-document, elle le déposa à plat sur la table, entre eux, et se pencha.

— Excuse-moi d'avoir mis aussi longtemps à les développer, mais...

Elle s'octroya une pause pour corser la théâtralité de l'instant et baissa le ton jusqu'à chuchoter :

— Ça valait la peine d'attendre.

Sous la table, Gaillard roula sur le flanc, s'étira avec ostentation, ferma les paupières et se mit à ronfler. Agnes ouvrit le porte-document, en tira une pile d'épreuves qu'elle plaça devant Justin, puis s'adossa à son siège.

Il s'empara de la première.

Le garçon représenté sur les photos était mince, presque maigre. Ses cheveux étaient trop longs, sa peau très pâle. Sur un des clichés marqué d'un « x », il fourrait les mains dans les poches de son jean. De profil, il semblait ne s'être tourné vers l'objectif qu'une seconde auparavant. Son expression était soupçonneuse, angoissée et vaguement floue.

Justin mit un bon moment avant de se rendre compte qu'il se regardait.

— Alors ? demanda Agnes.

— Alors quoi ?

— Qu'est-ce que tu en dis ? Génial, non ?

Ce n'était pas le mot qu'il aurait choisi. Il avait l'air de quelqu'un d'autre, là-dessus. Quelqu'un de blême, d'anxieux et de bien habillé. Dans le cadre de sa mission, c'était super. Pour tout le reste, c'était profondément dérangeant.

— Je ne ressemble pas à ça.

Agnes lui adressa un sourire triomphant.

— Tu ne *ressemblais* pas à ça. Jusqu'à ce que je te repère.

Il médita ces paroles.

— Que comptes-tu en faire ? finit-il par s'enquérir en feuilletant le tas de clichés.

— Ils n'ont aucune importance. C'est toi qui comptes. Je n'en reviens pas de t'avoir déniché dans ce trou de Luton.

Justin tressaillit.

— Détends-toi. Je n'exige rien, tu sais. Contente-toi d'être toi, tu es parfait comme ça.

Comme quoi ?

— Néanmoins, avant de prendre de nouvelles photos, nous devons nous rendre quelque part. Quand es-tu disponible ?

Il l'était toujours. Il contempla Agnes. Voulait-elle coucher avec lui ? Voulait-il coucher avec elle ?

— Où devons-nous aller ?

— À Londres.

Londres ? Y avait-il endroit plus dangereux ? Kigali, peut-être. Ou Bagdad. Agnes tournait les pages de son agenda avec un calme laissant à penser que plonger au cœur des ténèbres citadines était le genre de chose qu'elle accomplissait avec décontraction, sans réfléchir plus avant aux conséquences – terrorisme international, chauffeurs de taxi dissimulant des personnalités de serial killers, malades mentaux relâchés pour mieux précipiter sous un train des banlieusards naïfs.

Il frissonna.

— Que penses-tu de samedi en huit, neuf heures du matin à la gare ?

N'ayant ni agenda ni engagement quelconque, Justin accepta.

14

Bien avant qu'Einstein formule sa théorie de la relativité, n'importe quel enfant aurait pu expliquer que certains jours passent plus lentement que d'autres, et que certaines semaines donnent l'impression de durer une éternité.

Les dix journées séparant les deux rendez-vous de Justin avec Agnes s'écoulèrent avec à peu près autant de vitesse directionnelle qu'un satellite qui dégringolerait dans l'espace. Il y avait des fois où, assis en classe, les yeux rivés sur la grande pendule institutionnelle noire et blanche, l'adolescent se perdait dans une longue rêverie sur son décès brutal au milieu de la jungle en béton ou sur ses perspectives sexuelles pour se réveiller des heures plus tard et découvrir que les aiguilles n'avaient pas avancé d'un poil. Ce phénomène défiait les lois de tel ou tel truc, truc qu'il aurait connu s'il avait été attentif en cours de physique. Au lieu de quoi, il s'enfonçait dans un monde figé, privé de mouvement linéaire, et abandonnait tout espoir que vienne le jour qu'il attendait avec impatience tout en le redoutant.

Un quart de seconde plus tard, l'échéance arriva.

Justin se réveilla, enfila un anorak antédiluvien par-dessus ses nouveaux vêtements, replongea dans la course rapide du torrent temporel ordinaire et partit retrouver Agnes.

Luton n'étant pas une grande ville, il mit moins de quinze minutes à atteindre la gare. Sur le chemin, il rêvassa à leur journée, répéta encore une fois dans sa tête ce qui, entre-temps, était devenu une série de possibilités formidablement érotiques. Ces songeries prévalaient sur celles, plus familières et éprouvantes, qui voyaient des mafieux estoniens l'enlever, des activistes de la cause animal le faire exploser, un chauffeur de bus rancunier le poignarder à plusieurs reprises. Durant chacune des dix nuits précédentes, il avait flotté dans un univers à demi onirique où Agnes ne pouvait s'empêcher de le caresser ; sur le plan sensuel, leurs relations s'étaient progressivement élaborées, complexifiées. À un certain stade, la réalité et le fantasme échangeaient leurs places, si bien que la vie rêvée finissait par l'emporter sur la vraie.

À présent cependant, sous la lumière crue du matin, les doutes surgissaient. Son désir était-il capable de supplanter sa peur du danger ? D'ailleurs, quelles étaient exactement ses opportunités en matière de sexe ? Si Agnes semblait l'apprécier, jusqu'où cela allait-il ? Un peu ? Beaucoup ? Assez pour s'envoyer en l'air avec lui dans le train ?

Il imagina la retrouver sur le quai, fantasma ses yeux rougis et ses joues empourprées, dessina son visage qui s'illuminait quand elle l'apercevait, la peignit seule avec lui dans le petit compartiment démodé, le train à moitié vide. Elle lui confiait qu'elle était malheureuse. Dans l'esprit de Justin, son affection toute amicale se sublimait en passion réprimée ; elle lui avouait qu'elle ne dormait plus la nuit, brûlant de désir pour... pour...

Il s'arrêta à un carrefour, attendit que la circulation remarque sa présence, traversa.

Soudain, elle se faisait timide.

Une bombe... non !

Il s'envisagea magistral et séducteur. Elle le contemplait avec une espèce de supplique dans les yeux et, alors, les mots cessaient d'être nécessaires. La bouche d'Agnes s'adoucissait, ses prunelles s'élargissaient, elle portait sa main à sa joue à lui, et il l'embrassait, doucement pour commencer, puis fougueusement, plus intensément qu'elle ne s'y serait attendue de la part d'un garçon aussi jeune et inexpérimenté que lui, il baisait ses lèvres jusqu'à ce qu'elle s'écarte, le supplie, *Justin, non.* Mais il ne l'écoutait pas, d'ailleurs elle ne voulait pas vraiment qu'il arrête, une chose menait à l'autre, il déboutonnait son chemisier, remontait sa jupe, glissait sa main entre ses cuisses afin de sentir la courbe douce et chaude de son... son... son vous savez quoi.

Il heurta de plein fouet une jeune femme dont le téléphone portable alla s'écraser sur le trottoir.

— Excusez-moi, marmonna-t-il.

Elle le fusilla du regard, et il s'éloigna, tête basse.

Agnes le dévisageait avec ardeur, gémissait entre ses bras, *Oh mon Dieu, Justin, arrête, nous ne pouvons pas, tu es trop jeune !* Sauf qu'ils continuaient. Il sentait sa bouche frôler son oreille et murmurer d'une voix étrangement rauque :

Ohhh, Justin, mets-la-moi profond...

BOUM !

Il se retrouva par terre, désorienté, à moitié évanoui. Durant quelques instants, il ne ressentit aucune douleur, puis cette dernière surgit, rayonnant à partir de son front, si intense maintenant que son estomac se révolta. Il fut obligé de s'allonger pour éviter de tomber tête la première sur le sol qui tournoyait follement.

Oh bon sang ! songea-t-il vaguement. *Cette voix !*

La foule s'attroupa. Gaillard geignit et posa son museau dans le cou de Justin.

Justin se dit : un tireur en embuscade. Je suis touché.

Il se força à s'asseoir, tâtonna du côté de son front, cherchant l'humidité collante qui se serait échappée de sa blessure. Quelqu'un avait posé des mains sur ses épaules et le soutenait délicatement. Il s'obligea à scruter les badauds, tâchant de repérer le tueur à gages, le pistolet fumant abandonné dans le caniveau.

Rien, il n'y avait rien. Ni sang, ni blessure par balle, ni arme meurtrière. Rien. Si ce n'est...

Un réverbère.

Il était entré en plein dans un lampadaire. Sous la violence du choc, son visage avait bien failli se retrouver à l'arrière de sa tête.

Une vieille dame lui planta sa canne dans les côtes.

— Qu'est-ce qui t'arrive, espèce de crétin ? Tu es aveugle, ou quoi ?

La fillette menue mais robuste qui le soutenait

avait d'épais cheveux bruns et les mêmes yeux que Peter. Elle l'aida jusqu'à ce qu'il puisse se passer d'elle puis se redressa, tête légèrement penchée, et tendit l'oreille, à l'écoute du ronflement silencieux qui, telle une mélodie mal exécutée, émanait du cerveau confus de Justin. Pas étonnant qu'il se cogne dans les objets, se dit-elle. Ensuite, elle se pencha, caressa Gaillard, lissa sa jupe qui tombait sur des genoux ronds et écorchés et disparut dans une poche de la foule en se demandant si elle recroiserait le chemin de ce garçon.

Sur le trottoir, le temps ralentit tandis que Justin acceptait le bras d'une femme trapue d'âge moyen ayant délaissé un instant sa poussette. Il se leva, encore sonné, et s'éloigna, son chien sur ses talons.

15

À la gare, il raconta l'incident à Agnes qui examina sa bosse.

— Tu es entré *accidentellement* dans un lampadaire ? s'écria-t-elle, perplexe.

— Oui, s'impatienta Justin. Ce n'est pas seulement ma faute, aussi ! *Il* était là. *Il* a dirigé mes pas. J'ai entendu *sa* voix.

— Qu'a-t-il dit ?

— J'ai oublié, éluda Justin en détournant le regard. Mais c'était horrible. Il se moquait de moi.

— Tu es sûr que ce n'est pas un gosse qui passait dans le coin ?

— Insinuerais-tu par hasard que j'ai des hallucinations auditives ? s'énerva-t-il.

La douleur palpitant dans son crâne le mettait de mauvaise humeur.

— Merci de ne pas interpréter mes paroles, riposta Agnes sur le même ton.

Un convoi s'arrêta le long du quai dans un couinement de freins.

— Viens, ajouta-t-elle. C'est le nôtre.

Le train était tellement bondé qu'ils ne purent s'asseoir ensemble. Justin en fut soulagé. Ce n'était pas le moment de jouer les séducteurs. Pas avec une bosse mauve de la taille d'un œuf sur le front.

Il contempla les paysages de campagne décousus qui s'étiraient entre Luton et Londres. De l'autre côté du wagon lui parvenait le clic-clic-clic de l'appareil d'Agnes.

Je vois un lotissement. Je vois une vache folle. Je vois un champ plein de pesticides. Je vois un oiseau à l'aile brisée. Je vois...

Il vit un vieil âne crotté, immobile dans un pré trop brouté, le derrière oscillant, la tête basse. Ses yeux se remplirent de larmes, ce qui l'horrifia. Dans le reflet du carreau, il remarqua qu'une fille le dévisageait. Nerveux, il changea de position et jeta un coup d'œil en biais à la passagère. Elle avait des jambes épaisses et courtaudes, un torse épais et courtaud, de pâles cheveux blonds et de grandes oreilles de lutin. Elle avait déplié un vaste plan de Londres sur l'énorme sac à dos appuyé contre son genou. Elle adressa un sourire à Justin.

— Excusez-moi, lui dit-elle avec un fort accent. Pouvez-vous m'expliquer où est la gare Victoria ?

S'emparant de la carte, il l'étudia attentivement. Il n'était pas plus capable qu'elle de se débrouiller dans les rues de la capitale, mais se sentait obligé, en tant qu'hôte, d'offrir son aide.

— Désolé, je ne sais pas, finit-il par avouer en lui rendant le plan.

— On réussira peut-être à la trouver si on s'y met à deux ? suggéra-t-elle en le regardant à travers ses cils fins et clairs.

— Je suis avec mon amie, objecta-t-il piteusement en désignant Agnes du doigt.

L'étrangère se dévissa le cou afin d'examiner sa compétitrice. Agnes leur sourit d'un air encourageant et prit un cliché d'eux deux. La fille se redressa, déçue.

— Pas grave, marmonna-t-elle. Une autre fois, peut-être ?

Justin acquiesça, ils arrivèrent à destination. Bondissant sur ses pieds, il se faufila entre les passagers et leurs bagages monstrueux, rejoignant Agnes sur le quai.

— Alors, lui lança-t-elle, qui est ta petite copine ?

— Tu parles de Frodo, là ?

— Ne sois pas cruel. Tu lui plaisais. Ça marche.

— Qu'est-ce qui marche ?

— Ta transformation. Bientôt, elles se jetteront toutes à ton cou, comme...

— Quoi ? Des vautours ? Des vampires ? Des pingouins ?

Agnes se dirigea vers la sortie.

— Par ici, indiqua-t-elle. Ce n'est pas très loin, on peut y aller à pied.

— *Où ça ?*

Pour seule réponse, elle l'attrapa par la main et l'entraîna rapidement à travers le labyrinthe lugubre et miteux des rues qui entouraient la gare. Ils finirent par atteindre un passage étroit coincé entre deux maisons. Sur le mur de briques effrité, une pancarte indiquait Stable Lane. La planque idéale pour un voyou édenté et musclé armé d'une corde à piano destinée à les garrotter tous les deux avant de les éviscérer et de s'enfuir en abandonnant sur place le tas de leurs entrailles emmêlées dégoulinant sur le pavé froid.

— On y est, annonça Agnes.

Elle s'arrêta devant la porte d'un immeuble sombre au premier étage duquel, derrière une fenêtre, clignotaient les lettres AMB, restes d'un néon orange qui avait, à l'origine, proclamé : CHAMBRES. Agnes sonna. Un bourdonnement ténu résonna, elle poussa le battant.

À l'intérieur, un escalier étriqué. Ils grimpèrent, débouchèrent sur un palier, et Justin suivit Agnes de l'autre côté d'une grosse porte en fer qui ouvrait sur une grande pièce basse de plafond et tendue de soie sombre. Couleurs et formes densifiaient l'atmosphère, encore alourdie par des miroirs aux encadrements dorés massifs qui donnaient l'impression trompeuse que la salle s'étendait à l'infini dans toutes les directions. Le vaste plancher de chêne poli était couvert de tapis d'Orient ; dessus, des portants de vêtements. Des centaines de petites ampoules halogènes scintillaient au plafond, telles des étoiles.

Justin eut le sentiment d'avoir mis le pied dans un œuf de Pâques d'autrefois. Une odeur exotique et coûteuse dominait, qui évoquait la cale d'un navire en provenance des Indes orientales. Girofle, encens et cannelle, songea-t-il.

Ses yeux mirent un moment à s'accoutumer aux minuscules lampes qui se réfléchissaient et se multipliaient dans les glaces. Peu à peu, il se rendit compte que les représentantes d'une étrange espèce féminine papillonnaient dans la pièce, certaines en jean et juchées sur des talons hauts, d'autres en tailleurs ou robes de couleurs vives, toutes bizarrement grandes et maîtresses d'elles-mêmes, coiffures exagérées, jambes d'une longueur surnaturelle. Elles riaient et bavardaient, mais leurs visages se figeaient de mépris quand elles remarquaient Justin.

— Des mannequins, chuchota Agnes. Ces femmes ont surgi le jour même où cet endroit a ouvert ses portes. Comme des fourmis s'invitent à un pique-nique. Personne ne sait comment elles s'y prennent.

Oh, bon sang ! se dit Justin. Encore une fois la mode. Pourquoi pas quelque chose de simple plutôt, comme le sanscrit ou les statistiques ?

L'attrapant par le bras, Agnes le conduisit de l'autre côté de la salle. Debout derrière une imposante table de travail en bois, visage tourné, se tenait un grand endomorphe au crâne parfaitement oblong, à l'allure méditative de moine tibétain. Il était habillé d'un pantalon noir taillé sur mesure dans un tissu souple et d'un long gilet épais couleur charbon effiloché sur les bords, dont des brins de laine pendaient presque jusqu'au sol. Tout une palette de possibilités s'offrait quant à son origine : Japon, France, Inde. Lorsque l'homme leur fit face, des prunelles aussi dures et froides que des éclats de verre se posèrent sur eux.

— Bonjour, Ivan, le salua Agnes.

L'homme l'embrassa sur les joues.

— Bienvenue, chère, comme toujours. Désolé

pour le bazar, dit-t-il en désignant les clientes du menton.

— Aucun souci, le rassura Agnes qui réprima un sourire. Les affaires marchent, apparemment.

— Je survis.

En dépit de son apparence exotique, Ivan s'exprimait dans un anglais parfait. Agnes lui montra Justin.

— Regarde le garçon que j'ai déniché, murmura-t-elle. (Justin sursauta. *Le garçon que j'ai déniché.* Tel un vieux gant abandonné sur un trottoir.) Qu'en penses-tu ?

Le créateur examina Justin avec le détachement clinique de qui a trop vu de visages exceptionnels. Portant un doigt manucuré sur son front, il interrogea Agnes du regard.

— La bosse est temporaire, murmura-t-elle.

Ivan revint à Justin, haussa les épaules.

— Oui, finit-il par décréter. Oui.

Se pelotonnant dans son anorak, l'adolescent recula. Agnes enroula une main ferme autour de son coude.

— Ivan, je te présente mon ami Justin Case.

— Enchanté, répondit l'homme en s'inclinant légèrement, formel, sinistre. Que me vaut l'honneur ?

— Il a besoin d'être... terminé.

— Oui, bien sûr, acquiesça le couturier en étouffant un bâillement.

— Ivan possède un œil incomparable, confia Agnes à Justin.

Ce dernier imagina aussitôt un globe oculaire omnipotent enfoui dans la poche de l'inconnu, humide et gluant comme un calamar. À l'autre bout de la pièce, une fille émergea d'une cabine d'essayage, drapée dans une robe à volants en forme de chouette qui ne mettait absolument pas en valeur sa beauté émaciée. Elle rejoignit une amie qui lui adressa un grand sourire approbateur. Justin les scruta avec ahurissement.

— Alors, Agnes ? reprit Ivan en étudiant le garçon. Pas un costume. Un manteau, peut-être ?

— Ce que tu voudras. Quelque chose d'impressionnant. J'ai l'intention de faire des photos.

Le couturier fronça les sourcils, pensif.

— Il me semble que j'ai ce qu'il te faut en boutique.

Il s'éclipsa, revint quelques minutes plus tard avec un immense manteau en mouton retourné, gris glacé, à boutons noirs. Il le tenait avec insouciance, le tapota plusieurs fois, déclenchant de petits nuages poussiéreux. Sa main laissait une marque légèrement plus claire sur le cuir délicat.

— Il est trop étroit pour aller à ceux qui auraient les moyens de se l'offrir, expliqua-t-il. Les hommes riches sont rarement minces.

Justin toisa la chose comme si on lui avait présenté l'illégitime croisement entre un yak et un ballon de foot.

— Prends-le ou non, ça m'est égal, déclara Ivan qui avait remarqué l'expression.

— Porté, il n'aura plus du tout la même allure, intervint Agnes en s'emparant du vêtement qu'elle présenta à Justin.

S'interrogeant sur le sens de ces paroles, ce dernier se tourna, bras tendus en arrière, et autorisa la jeune femme à le lui enfiler. Il rougit. Il soupçonnait qu'il avait l'air ridicule, même si, en vérité, le manteau lui seyait. Il était beaucoup plus léger et doux qu'il semblait de prime abord, et sa chaleur poilue et enveloppante le dorlotait de façon merveilleuse. Il regarda Agnes, qui le poussa devant un immense miroir doré. Un des mannequins qui passait par-là tripota la manche en émettant un bruit admiratif. Justin se détailla. Un petit sourire était apparu sur le visage de la photographe.

— Bien, murmura-t-elle.

Dieu vit tout ce qu'il avait fait : cela était très bon[1], pensa aussitôt Justin.

— C'est sublime, Ivan ! s'exclama la jeune fille.

Justin devina qu'il s'empourprait. L'aurait-il souhaité, il n'avait absolument pas les moyens de

1. Genèse, 1 : 31.

s'offrir pareil luxe. Furieux, il tourna le dos à la glace. Agnes le saisit par le bras, parla d'une voix douce :

— Ne t'inquiète pas. Tu n'as rien à payer. C'est ce qu'on appelle la nouvelle économie de troc. En plus, mes photos de toi vaudront beaucoup plus que cette fringue. Alors, vas-y, accepte-la.

— Je n'en veux pas, cracha-t-il en se débarrassant brutalement du manteau et en le lui lançant. Reprends-le.

Elle le contempla avec gentillesse.

— Tu as entendu Ivan. Il n'ira jamais à quelqu'un d'assez riche pour l'acheter. Autant qu'il te revienne.

Elle alla porter le vêtement au créateur, qui l'enveloppa soigneusement dans un tissu noir et le plaça dans un sac en papier couleur crème qu'il tendit à Justin. Ses traits étaient neutres. Il s'inclina de nouveau, Justin eut le sentiment qu'il se moquait de lui. Ce fut Agnes qui s'empara du sac.

— Merci, Ivan.

— Il me remboursera un jour ou l'autre, répondit l'homme, toujours aussi impassible.

— Que veux-tu dire ? demanda la jeune fille.

— Rien de plus que ce que j'ai dit.

Ivan tourna sa tête ovale à droite, puis à gauche, comme un périscope. Justin s'éloigna, bras croisés, sur la défensive, fredonnant une mélodie pour ne plus entendre leur conversation. Au bout de quelques minutes, il remarqua que le silence s'était installé dans la pièce. Levant les yeux, il vit qu'Agnes le fixait avec solennité.

— Ne m'en veux pas, Justin, mais j'ai mentionné cette histoire de destin à Ivan.

Ce dernier paraissait soudain plus intéressé. Il vrillait son regard sur le garçon, dont le malaise s'accrut. Lorsque, enfin, l'homme parla, ce fut d'une voix si ténue que Justin dut se rapprocher.

— J'ai eu l'occasion d'être témoin des agissements du sort.

Le cœur de Justin se mit à battre plus fort. Ils étaient tout près, à présent, et l'odeur émanant de la peau d'Ivan lui chatouillait les narines. Des effluves coûteux, là encore. Agnes était captivée.

— Je peux t'affirmer avec certitude, enchaîna le créateur, que tu es un jeune damné.

Justin cessa de respirer.

— Tu endureras des pertes *inestimables* durant toute ta vie, puis tu mourras, causant une douleur inestimable aux autres. Cela t'arrivera, et la question n'est pas *si*, mais *quand*.

Justin vacilla.

— Telle est l'unique vérité que tu as besoin de savoir sur la destinée.

Justin s'arracha à la voix envoûtante.

— Allons-y, ordonna-t-il à Agnes.

— Mais...

— MAINTENANT !

Il voulut la saisir par le coude, elle se dégagea. Du coup, il partit seul, claquant la porte derrière lui.

— Au revoir, Justin Case, lança Ivan le visage éclairé par un sourire déplaisant. Et *bonne chance*.

En bas de l'escalier, Justin se débattit avec la serrure puis sortit en titubant dans la ruelle, le pouls affolé. Quand Agnes le rattrapa, il pivota brutalement sur lui-même, tel à un animal acculé.

— Il est *atroce* ! s'écria-t-il en la secouant par les épaules.

— Je sais, mais ses créations sont géniales. Et il peut se montrer très généreux quand il est d'humeur.

Se libérant de son emprise, elle farfouilla dans le sac crème.

— Allez, enfile ça et dis-moi ce que tu éprouves.

Elle brandissait le vêtement, le visage empreint de tendresse.

— S'il te plaît, Justin. Pour moi.

Il était coincé. Par ailleurs, il ne tenait pas spécialement à gagner. Il obtempéra donc, se glissa dans le manteau. Gaillard le flaira et grogna en identifiant l'odeur d'agneau, cependant qu'Agnes mitraillait avec son appareil : Justin embarrassé, Justin effrayé, Justin furibond.

Il se détourna de l'objectif.

— Super, commenta Agnes en le ramenant dans la rue principale.

Elle se dirigea vers un petit restaurant indien délabré dont la vitrine était encombrée de guirlandes lumineuses qui clignotaient.

— Et maintenant, décréta-t-elle, allons fêter ça.

La pression de ses doigts à travers la peau souple de la manche le fit frissonner.

16

Justin se mit à porter son manteau comme une deuxième peau. Le vêtement le protégeait, lui tenait chaud, était en plus suffisamment excentrique pour satisfaire à sa nouvelle identité. Dedans, il se sentait en sécurité. Il ne l'enlevait que pour dormir et courir, deux activités qui grignotaient toujours plus ses nuits et ses jours.

Peter ne s'était pas trompé. Il n'avait pas fallu longtemps pour que le plaisir l'emportât sur la souffrance. Justin ne s'était jamais considéré comme un sportif, mais à présent qu'il avait encouragé ses poumons et ses jambes, ces derniers se levaient comme des Titans sur le champ de bataille. Mon corps ! Il fonctionne !

Souvent, lorsqu'il courait, il perdait le contact avec ses limites physiques et se mettait en vitesse de croisière, alignant les battements de son cœur sur ceux de ses pieds martelant la piste. Comment avait-il pu vivre aussi longtemps sans éprouver pareille sensation ? Il n'était pas particulièrement porté sur la compétition. Comptait surtout le tempo régulier et rassurant qui régissait les bouffées d'angoisse dans son cerveau. Tic-tac, tic-tac. Son corps adoptait le rythme mécanique d'un vieux réveil. Plus il courait, plus Justin avait l'impression de s'éloigner de David.

Cette façon d'appréhender la course dépassait complètement l'entraîneur qui, à l'approche des championnats, se contentait de houspiller son équipe.

Un lugubre mardi après-midi de la fin octobre, les garçons de six lycées différents se rassemblèrent pour s'affronter, frissonnant sous la bruine. Justin avait invité Agnes à assister à l'épreuve, mais de manière qu'elle comprît qu'il lui était égal qu'elle se montrât ou non, et qu'il ne s'attendait pas à ce qu'elle vînt.

Il rejoignait la ligne de départ quand quelque chose l'incita à relever la tête. Suivant la direction de dizaines d'autres paires d'yeux, il se tourna et vit Agnes venir à eux sous un immense parapluie lilas à pois multicolores. Chaussée d'une paire de bottes en caoutchouc vert qui montaient jusqu'aux genoux, elle avançait aisément sur le gazon gorgé d'eau. L'étui de son appareil photo se balançait à son épaule. Le reste de sa personne était engoncé-enveloppé dans ce qui ressemblait à de la cellophane. Elle était absurde. Sublime.

Tout le terrain retint son souffle, hébété, cependant qu'Agnes traversait la pelouse pour gagner les tribunes de fortune en bois réservées aux spectateurs. Une fois là-bas, elle replia son parapluie et s'assit sous une salve d'applaudissements spontanés. Souriant à Justin, elle tira son Nikon de son étui, puis agita un gant blanc à son intention.

Peter lui répondit avec de grands gestes joyeux. Embarrassé, Justin se détourna.

Rassemblant ses esprits en déroute, la compétition repartit.

Justin ne se souvenait pas du coup de feu ayant lancé le départ. Lorsqu'il reprit conscience du monde extérieur, il était en train de courir. Du moins, son corps était en train de courir. Il fut surpris de constater que ses pieds s'étaient branchés sur le régulateur de vitesse. Il n'avait pas eu à réfléchir à ce qu'il faisait, n'avait eu qu'à les régler sur « avance rapide » pour qu'ils démarrent au quart de tour.

Joueur, Gaillard gambadait avec allégresse. De temps en temps, il s'arrêtait pour regarder derrière lui la masse grouillante et haletante de garçons avec une expression qui ressemblait à de la pitié. *Vous autres humains devriez peut-être vous cantonner aux domaines dans lesquels vous excellez*, disait-elle.

Puis, il décollait de nouveau, planant au-dessus du sol à chaque bond. Il galopa gaiement autour des coureurs de tête, accéléra à deux kilomètres-minute pour le simple plaisir, franchit la ligne d'arrivée sous le tonnerre de sa propre ovation, revint se poster à côté de Justin et ralentit, adoptant un petit trot encourageant. Malgré la condescendance inhérente à sa race aristocratique, il débordait de bonté.

À gauche de Justin, quelques mètres en avant, courait Peter Prince. Il se retourna pour jeter un coup d'œil à son ami, cassant du coup légèrement son rythme. Justin s'en aperçut à peine. À mi-parcours, il pensait à Agnes. Elle avait écarté ses protestations, comme si offrir un manteau excessivement cher à un garçon que vous connaissez à peine était une broutille. Lorsqu'elle l'avait rappelé, la détermination de Justin à se montrer distant avait été réduite à néant par l'intimité enjôleuse de sa voix dans le combiné.

Ça signifiait sûrement quelque chose. Quelque chose de plus fort que « tu n'es pas mal, pour un môme ». Il avait décelé là l'existence d'un code, d'un langage secret réservé aux initiés qui leur permettait de traduire les nuances de leurs intentions sexuelles. La présence constante d'Agnes dans son existence devait laisser entendre quelque chose de ses buts. Mais quoi ?

Tout près de lui, une voix murmura des mots qu'il ne comprit pas mais, soudain, il fut relié à son corps. Courir aussi vite était douloureux. Il chercha des yeux qui avait parlé. Il avait l'impression horrible et douce d'une haleine caressant son oreille comme un papillon poussiéreux qui aurait voleté au hasard. Il tenta de la chasser de la main, ne rencontra que le vide.

La voix revint, feutrée, pressante.

Cours !

Justin bondit en avant. Hors d'haleine, il dépassa Peter, lequel sembla surpris par l'expression dessinée sur les traits de son ami.

Cours, cours le plus vite que tu peux !

Gaillard s'était rapproché de son maître. Justin l'ignora et fonça, aveuglé par la terreur. Cent mètres jusqu'à la ligne d'arrivée. Les autres concurrents donnaient tout ce qu'il leur restait. Justin ne les voyait ni ne les entendait, ne savait pas qu'ils étaient là. Aiguillonné par les murmures à son oreille, il courait comme un dératé.

COURS !

Il franchit la ligne, ne s'arrêta pas. Doucement, Gaillard l'amena à effectuer un virage en s'appuyant de tout son poids contre sa hanche, tel un frein.

L'entraîneur avait l'air content.

Ce fut un vrai moment de gloire. Justin avait gagné. Pourtant, il se sentait nauséeux, violé. L'adrénaline continuait de lui monter au cerveau, son estomac se tordait de peur, son pouls n'arrivait pas à se calmer.

Cours, cours le plus vite que tu peux.

Le rejoignant, Peter lui assena une claque amicale dans le dos. Il était accompagné d'une fillette d'environ onze ans, aux épais cheveux bruns, qui avait les mêmes yeux clairs et déterminés que son frère.

— Je te présente ma sœur, Dorothea, dit Peter.

La gamine scruta Justin, l'identifia à son air hébété, le même que celui qu'il avait arboré lors de leur première rencontre. Cette fois, il n'y avait pas de réverbère, mais ça n'avait pas d'importance, visiblement.

Justin la regarda sans la voir.

Cette voix.

Il se souvenait maintenant des dernières lignes de la comptine.

***Tu ne m'attraperas pas, je suis le bonhomme en pain d'épice*[1].**

1. *Cours, cours le plus vite que tu peux !* (ter) *Tu ne m'attraperas pas, Je suis le bonhomme en pain d'épice.* Il existe ainsi toute une série de comptines populaires faisant référence à une histoire dans laquelle un petit bonhomme en pain d'épice se sauve du four où la cuisinière l'a fait cuire.

17

Justin franchissait le seuil quand le téléphone sonna.

— Justin ! pépia Agnes. Tu as été génial, aujourd'hui. J'ai été super impressionnée.

Il garda le silence.

— Justin ? Que se passe-t-il ?

— Il faut que je te voie.

— Maintenant ?

— Oui.

Il raccrocha. Charlie s'était matérialisé à ses pieds, et il le prit sur ses genoux. Le bébé enroula ses bras autour de son cou.

— J'ai gagné une course, aujourd'hui, murmura Justin. C'était horrible.

Charlie resserra son étreinte et chuchota quelques paroles pressantes à l'oreille de son frère. Justin ne comprit pas les mots, mais le ton était apaisant et plein d'amour. Ils restèrent ainsi assis durant quelques instants, puis Justin se leva pour partir, se libérant doucement de l'emprise de l'enfant. Charlie tituba jusqu'à la fenêtre et appuya son visage au carreau, suivant des yeux la silhouette de son aîné qui s'éloignait dans la rue.

Cette fois, ce fut Justin qui arriva le dernier. Alors qu'il traversait la salle pour venir à sa rencontre, Agnes ne put retenir une petite bouffée d'orgueil devant sa création. Il paraissait plus grand, plus en forme, plus élégant. Le manteau gris et souple tombait avec distinction de ses épaules. Même son anxiété semblait plus captivante : plus sombre, plus maîtrisée. En d'autres circonstances, elle aurait pu craquer pour lui.

Justin repéra la lueur triomphale et, une seconde, se vit à travers ses yeux. La Galatée de Pygmalion. Le monstre du docteur Frankenstein. Il s'assit. Agnes l'étudia attentivement.

— Alors, de quoi s'agit-il ? demanda-t-elle.

— J'ai entendu quelque chose.

— Quoi ?

— La voix.

— Ah. Et que disait-elle, cette fois ?

— Elle m'ordonnait de courir.

Agnes se tut un moment.

— Es-tu certain qu'il s'agissait du destin, du sort, de... que sais-je ?

— *Cours, cours le plus vite que tu peux ! Tu ne m'attraperas pas, Je suis le bonhomme en pain d'épice.*

— Brr, ça flanque la frousse, admit-elle, ébranlée. Était-ce une injonction à te sauver ?

— Aucune idée.

Il frissonna, elle posa une main sur son bras.

— En règle générale, je ne crois pas en ces choses. J'admets cependant que c'est étrange.

Englué dans sa morosité, Justin ne réagit pas. Agnes fit signe à la serveuse et commanda du thé avant de le dévisager avec insistance.

— Les voix exceptées, comment vas-tu ?

— Pas mal, je crois. On me reluque bizarrement, au lycée.

— Bizarrement en bien ou bizarrement en mal ?

— Les deux.

Il soupira.

— Ça te déplaît ?

— Pas vraiment. Disons que j'espérais juste...

Il s'interrompit, lugubre. Elle patienta.

— J'espérais que j'irais mieux. Que je serais moins inquiet.

— Et ce n'est pas le cas ?

— Même quand je n'entends pas de voix, que je ne m'imagine pas assassiné par des tueurs à gages, je me fais l'effet d'un néon qui clignote. Lorsque les filles me matent, j'ai l'impression d'être un morceau de fromage dans une souricière.

— Il existe un mot pour ça, Justin. La convoitise. Elles te trouvent attirant. Parce que tu es beau.

L'espace d'un instant, leurs regards se croisèrent, et quelque chose vrombit en Agnes. Elle souleva son appareil, prit une photo. Un portrait.

— C'est supposé être agréable, ajouta-t-elle avec tendresse. C'est censé te donner le sentiment que tu es désirable.

— Ce n'est pas de *moi* qu'elles ont envie. C'est d'un drôle d'hybride constitué de nouveaux vêtements et d'insomnie.

— Écoute, Justin, tu as quinze ans ! Tu t'attendais à quoi, bon Dieu ? Tout le monde change. À cet âge, je portais des djellabas et des peignes africains dans les cheveux.

— Le style n'est pas tout.

— S'il te plaît, gronda-t-elle, pas à *moi*, Monsieur Sagesse-des-Anciens ! Je sais bien que le style n'est pas tout. C'est toi qui cherchais une nouvelle identité. Moi, je ne suis que celle qui suggère parfois que le destin n'est pas un homme âgé et myope qui ne te reconnaîtra pas parce que tu auras changé de vêtements.

Elle le toisa durement.

— Bon sang, Justin ! Je ne crois pas à ces trucs, de toute façon. Mais comme tu n'es ni idiot ni schizophrène, pour autant que je puisse juger, je t'écoute. De là à dire que je pense qu'une espèce de force surnaturelle rôde en guettant le moment de t'attaquer… Envisage les choses de mon point de vue. Je n'ai jamais gobé la fable de la petite souris, ce n'est pas maintenant que je vais commencer.

Il réussit à s'arracher un semblant de sourire puis se leva pour partir.

— Merci de ta patience, Agnes. Je sais que je ne suis pas marrant.

— Assieds-toi, flûte ! Ne te sauve pas.

Elle insistait, bien qu'elle eût pressenti la faille les séparant, l'imperfection de leurs liens. Ouvrant son sac, elle en sortit un magazine surdimensionné imprimé sur papier mat et le lui tendit.

— Prends au moins ça. Il est sorti aujourd'hui.

Il roula le journal – tel un gourdin – et quitta le café. À mi-chemin de chez lui, il le jeta dans une poubelle.

Agnes le regarda s'en aller et poussa un soupir. Quel garçon exaspérant ! Si exaspérant qu'elle n'était pas en mesure de l'aider.

18

Le lendemain au lycée, une fille aborda Justin. Elle était brune et belle, avec une moue méprisante et de magnifiques yeux en amande. Instinctivement, la vision périphérique de Justin scanna les alentours, à la recherche de ses copines ricaneuses cachées dans un coin.

Elle tenait, plaqué sur sa poitrine, un magazine surdimensionné, tel un bouclier.

— C'est bien toi Justin, non ?

Elle s'exprimait d'une voix plate et posait son regard partout ailleurs que sur lui.

— Oui.

— Super photos, Justin.

Quelles photos ?

— Tu seras à la fête d'Angel ? poursuivit-elle en s'adressant au mur opposé.

Justin était trop ahuri pour répondre.

— Tu y seras, oui ou non ? répéta-t-elle, vaguement agacée.

Il la fixait. Ses prunelles trahissaient un dédain au charme douloureux.

— Je ne sais même pas comment tu t'appelles.

— Serena, soupira-t-elle, impatiente.

Comme ce nom lui allait bien. Une sirène sereine à qui chanter la sérénade. Elle contempla le plafond, agita brièvement ses ongles.

— Alors ? insista-t-elle.

Il mourait d'envie d'accepter l'invitation, de se rendre à cette soirée, d'apporter à cette fille un gobelet de punch, de la raccompagner ensuite dans la nuit froide, de lui offrir son manteau et de poser son bras sur ses épaules pour la réchauffer ; mourait d'envie de danser avec elle, de l'embrasser devant sa porte, de poser ses lèvres virginales sur sa bouche rose soyeuse ; mourait d'envie de la revoir, de lui donner rendez-vous pour prendre un café, aller au cinéma. Il désirait s'asseoir tout près d'elle dans l'obscurité, désirait respirer l'odeur fleurie de femme qui émanait d'elle, désirait éprouver l'effleurement de ses cheveux luisants sur son visage ; il voulait titiller son cou, voulait lui dire qu'il l'aimait avant de glisser sa main à l'intérieur de son soutien-gorge pigeonnant et de caresser la peau délicate de ses seins, d'en sentir les mamelons durcir sous ses doigts. Haletant, il fourra sa main dans sa poche et plaqua son érection palpitante contre son bas-ventre.

Gaillard grogna.

— *Non.*

Le mot monta des environs de son plexus solaire ; mi-suspicion, mi-frayeur. Il ne lui faisait pas confiance. Elle était un colis piégé destiné à lui exploser à la figure. Vénus déguisée en grenade.

— Mais merci, ajouta-t-il, les yeux rivés sur l'affiche qui, derrière elle, exposait la méthode de Heimlich[1].

Serena s'en alla à grands pas, ses épaules voûtées hurlant son humiliation rageuse.

Justin rentra chez lui, enfila son survêtement. Il pleuvait, les trottoirs scintillaient d'une eau grasse qui reflétait l'image minable de cette rue de banlieue. Il siffla Gaillard. Ce dernier leva la tête, jeta un coup d'œil au fin rideau de bruine grise qui salissait le ciel et se réinstalla confortablement pour dormir.

1. Manœuvre qui consiste à passer ses bras sous ceux d'une personne qui s'étouffe, à mettre un poing au-dessus de son nombril et l'autre main par-dessus le poing, et à enfoncer celui-ci d'un coup sec vers soi et vers le haut, ce qui permet l'expulsion du corps étranger coincé dans les voies respiratoires de la victime.

— Bê-ta ! chantonna Charlie.

Justin le regarda avec irritation.

— Ah ouais ? Tu aurais fait quoi, à ma place ?

Dérouté par la question, l'enfant réfléchit. Les circonstances m'échappent un peu, admit-il, mais en règle générale je m'efforce de ne pas compliquer les choses. Si je sais précisément ce que je veux, les autres ont moins de mal à me contenter. Ça paraît tout simple, ça fonctionne la plupart du temps néanmoins.

— Coin-coin.

Les mots étaient clairs, et il montrait son canard en bois. Justin se leva et alla chercher le jouet.

— Vois ? dit Charlie.

Comme si un bébé d'un an pouvait résoudre ses problèmes, songea l'adolescent. Tapotant la tête de son frère, il sortit de la pièce, traînant son apitoiement sur lui-même derrière lui comme un escargot sa bave.

Charlie contempla le canard et soupira.

Justin referma la porte et s'éloigna au petit trot en prenant grand soin de patauger dans toutes les flaques qu'il rencontrait. Il éprouvait le besoin de détruire les maisons du voisinage les unes derrière les autres jusqu'à ce qu'il ne reste plus que des fragments abstraits de briques et de crépi. L'eau de pluie trempait et salissait ses baskets et ses chaussettes, il ne s'en apercevait pas. Aujourd'hui, vous courez, ordonna-t-il à ses jambes, à ses cuisses, à ses fesses, à ses chevilles, à ses coudes, à son torse, à ses épaules et à ses genoux. Occupez-vous de la mécanique, moi, il faut que je réfléchisse.

Toujours prêt à se rendre utile, son corps obtempéra.

Quelque part en arrière-fond, Justin entendait le martèlement régulier de ses pas sur le macadam, fiable et automatique. Au premier plan, ses songeries volaient librement, surfant sur la vague de son enveloppe physique comme s'il avait plané à travers les faubourgs maussades de Luton.

Pendant un moment, il courut les paupières à moitié fermées, laissant l'humidité refroidir son esprit fiévreux. Il tenta de faire le vide en lui, de tirer la bonde des humiliations du jour pour qu'elles s'écoulent dans la rue comme l'eau d'un bain. Puis, lentement, progressivement, il se mit à inhaler de nouvelles pensées destinées à remplir son cerveau. Il prenait de profondes inspirations par le nez, et dans la grotte déserte de son crâne tourbillonnaient les vapeurs des gens, des idées, des désirs.

Il aspira Agnes, étincelante, couleur citron vert fluorescent. Il était son sujet d'émission télé, comme ces programmes où une escouade de gars qu'on dirait issus des forces spéciales rafistole votre cuisine, votre salle de bains, votre jardin, votre garde-robe, votre vie sexuelle. En proie à l'espoir et au désespoir, il lui avait confié son cas en vue d'obtenir un corps et une âme tout neufs, et elle s'efforçait de remplir sa mission au mieux. Elle n'était pas responsable de leur échec.

Agnes ne le méprisait pas, il était certain que l'affection qu'elle lui portait était, en partie du moins, réelle. Ce qui l'intriguait était le *pourquoi*. Représentait-il à ses yeux le comble du défi charitable, un sujet malléable, découragé et vaguement divertissant ? Il était évident qu'il ne l'*intéressait* pas, dans *ce sens-là* du terme. N'est-ce pas ? Le désir sexuel pouvait-il naître sans aucune réciprocité ? Pendant que lui se consumait pour elle, pensait-elle à ses lacets ?

Il y avait tant de choses qu'il ignorait.

Il pensa à Peter, gai comme un pinson, toujours porté par de doux alizés équatoriaux. Qu'en était-il de Peter ? Quelle clause particulière l'exemptait-elle, l'autorisait-elle à être empoté, ringard et cependant invulnérable ?

Et puis, il y avait le destin, présence discrète, séducteur des bords de l'abîme, qui l'attirait sur les sentiers du danger, le berçait en lui donnant une confortable impression de sécurité, le cajolait pour qu'il accepte de jouer à une partie de bonneteau qu'il n'avait aucune chance de gagner.

Justin était fatigué de tourner à gauche quand

il voulait tourner à droite, de dire non au lieu de oui.

Et pourtant. S'il marchait sur une fissure...

Sa vie s'étendait devant lui, tel un diabolique parcours d'obstacles. Les mines avaient été dissimulées, enfouies profondément dans la terre. Il n'avait plus qu'à prévoir leur emplacement s'il souhaitait éviter de sauter sur l'une d'elles.

Délaissant le trottoir, il se mit à courir sur le bas-côté. Le sol inégal le fit trébucher.

Songe à autre chose, s'ordonna-t-il. À quelque chose d'agréable. Il songea alors au gringue étrange de Serena. Il inhala le souvenir de sa rencontre avec elle, dorée, parfumée, alourdie par l'encens de ambiguïté. Il se concentra, s'abandonna à cette évocation, évacuant la destinée de sa tête, remplaçant ses miasmes morbides par les vibrations impérieusement sexuelles qu'émettait Serena. Par l'esprit, il explora son corps, fit courir sa main le long de la courbe voluptueuse de son mépris, ferma les yeux et enfonça son visage dans le poids boudeur et pulpeux de son indifférence. Il autorisa son cœur à pomper l'aura étincelante de Serena et à l'insuffler dans ses propres veines comme de la morphine, de l'adrénaline qui réchauffait et tonifiait la machine, la poussant à accélérer, à décoller.

Le souvenir de leur rencontre était dénué d'affection. Fi de ces fantasmes où ils marchaient main dans la main en échangeant de petites plaisanteries et de tendres surnoms. Justin préféra appuyer sur le bouton avance rapide, jusqu'à la fête où ils auraient pu transpirer ensemble sur les rythmes dispensés par un DJ branché. L'attrapant par le coude, il l'aurait entraînée loin de la foule bruyante vers un endroit plus calme, une chambre où leurs doigts fiévreux auraient tâtonné, enflammant un processus haletant et désespéré, le menant à terme, pas jusqu'à l'humiliation et la terreur mais suffisamment loin pour qu'il se sente moins pareil à un énorme néon clignotant rose qui proclamait : PUCEAU.

Courant, essoufflé, épuisé, il devina que les derniers lambeaux de nuages dorés se dissipaient, l'abandonnant à son sort, garçon perdu dans un paysage morne, l'esprit lesté par la triste réalité de son existence. De toute façon, ce n'était pas Serena qui l'intéressait. Apparemment, toutes les filles ou presque parvenaient à faire réagir son corps, lui inspiraient les spasmes d'un désir sexuel reconnaissant. Il était à la merci de toute la gent féminine. Sa faiblesse le rendait vulnérable au pire danger qui fût. Il avançait dans le marais comme un aveugle, disparaissait lentement dans le maelström de l'inconnu, agitait le bras. Se noyait.

Il s'arrêta enfin, mains sur les genoux, hors d'haleine. Un œil sur sa montre, poitrine en feu, visage brûlant, pieds transis et pleins d'ampoules, il attendit que son cerveau réintègre son enveloppe corporelle. La douleur s'écoula le long du tendon de son jarret.

Il avait quitté Luton, était dans les parages de Toddington. Vingt kilomètres. Il pleuvait à verse, maintenant. Autour de lui, le monde se transmutait peu à peu en boue. Fatigué, trempé, il repartit chez lui en boitillant.

19

Serena se rendit à la soirée avec Alex. Alex possédait une voiture, débordait de confiance en lui, était dénué d'intelligence. Il était aussi tout ce qu'il y a de plus hétéro.

Alex et Serena auraient pu être élus couple de l'année par la classe tant ils avaient été coulés dans des moules compatibles : identique beauté, identique statut social, identique attitude de supériorité génétique en dépit de la preuve flagrante du contraire. À la fête d'Angel, ils dansèrent ensemble, burent des gobelets de mauvais vin rouge, se bécotèrent dans un coin sombre au point d'en transpirer. Alex poussa Serena sur une pile de manteaux, mit une main sous son soutien-gorge et, de l'autre, guida les doigts parfaitement manucurés jusqu'à la douloureuse bosse de son entrejambe. Quand il gémit, Serena détourna la tête, vaguement dégoûtée.

Ils finirent par s'en aller et passèrent une demi-heure fiévreuse dans la voiture d'Alex, durant laquelle Serena procura les plaisirs sexuels requis. Son nouveau petit ami ne lui rendit pas la politesse, ce dont elle aurait pu lui garder rancune si elle y avait seulement réfléchi.

Quoi qu'il en soit, le couple tint. À partir de ce soir-là, Serena et Alex arrivèrent en cours ensemble, déjeunèrent ensemble, firent leurs devoirs ensemble. Ils ne s'épargnèrent qu'une relation sexuelle aboutie, à cause des réticences de Serena à l'encontre des fluides corporels et des réticences d'Alex à l'encontre des préservatifs.

Tout le monde au lycée était au courant de leur liaison et s'en sentait ragaillardi, conforté dans l'idée que toute chose finit par trouver sa juste place en ce bas monde ; que ce dernier est régi par des règles bien établies et lumineuses, que l'harmonie et l'élégance décident de l'amour comme de la nature.

La nouvelle atteignit Justin, qui feignit l'indifférence.

Intérieurement cependant, il était déprimé par l'accumulation des opportunités qu'il loupait.

Que Serena lui fût relativement indifférente ne l'empêcha pas de se dire qu'il avait manqué de saisir l'occasion de leur relation naissante. Non seulement il était un échec en tant que petit copain éventuel, mais le sort avait étendu sa détestable influence au point d'empiler centimètre par centimètre indifférence et ratages insignifiants, créant de cette manière un Everest d'efforts perdus, un sommet instable, duquel Justin finirait par dégringoler pour s'écrabouiller au sol.

Agnes semblait avoir oublié son existence, du moins c'est ainsi qu'il interprétait son silence. Dix fois par jour, il s'asseyait, immobile, devant le téléphone, déroulant des conversations désinvoltes dans sa tête. Les premiers jours, Gaillard l'avait observé intensément, curieux, encourageant. Mais même-lui avait laissé tomber quand il était devenu évident que Justin était incapable de passer à l'acte.

Il s'alita, dit à sa mère que c'était la grippe, resta couché soixante-douze heures, agité par les fièvres du doute. Tous les matins, sa mère frappait timidement à la porte, posait une main sur son front et diagnostiquait : « Pas aussi chaud qu'hier. »

Pas chaud du tout, pensait-il. Frigide, même.

Le dring-dring-dring du téléphone perturba ses rêves. Il finit par répondre.

— Où étais-tu passé ? lâcha Agnes, furieuse. Tu es tombé dans un trou ? Qu'as-tu pensé des photos ?

— Quelles photos ?

Pardon ? La jeune fille secoua la tête. C'était un sacré personnage, ce Justin Case.

— T'occupe. Quand nous voyons-nous ?

— Je suis malade.

— Tu ne m'as pas l'air très mal en point. Plutôt déprimé. Quand es-tu sorti pour la dernière fois ?

Il l'entendait froncer les sourcils.

— J'ai couru il y a quelques jours de ça.

— Je ne te parle pas de ça. Le bahut, les boutiques, le cinéma, un ami.

Il garda le silence.

— *Réfléchis !*

— Il y a une semaine ?

Cela en faisait deux qu'elle ne l'avait pas revu.

— Serais-tu devenu agoraphobe ?

— Non, s'emporta-t-il. Je n'ai pas envie de sortir, un point c'est tout.

— Personne ne reste chez lui pendant une semaine entière, Justin. Mis à part les petites vieilles qui vivent au milieu de centaines de chats. Ce n'est pas normal. Qu'est-ce que tu fabriques, là maintenant ?

— Rien.

Elle soupira.

— Très bien. J'arrive.

Elle raccrocha.

Lorsqu'il ouvrit la porte, elle fut choquée par son aspect. Il avait maigri, et sa peau paraissait grisâtre. Il portait un survêtement froissé, et ses cheveux longs étaient sales.

— Beurk ! fit-elle. Tu es répugnant.

— Merci.

Sa mère émergea de la cuisine, Charlie sur les talons. Elle se présenta à Agnes en tendant la main avec un sourire timide.

— Ravie de vous rencontrer.

Agnes étudia son visage, cherchant un indice à même d'expliquer la pathologie de Justin. Il ne tenait pas vraiment de sa mère, mais il était difficile de trouver une ressemblance entre quelqu'un d'aussi beau que lui et une femme d'âge moyen. Comme la plupart des parents, elle était usée et sans forme, les lèvres de la même couleur que sa peau, ses cheveux beige coupés en dégradé. À ses pattes d'oie, la jeune fille devina qu'elle avait une bonne quarantaine. Et, à la réflexion, il y avait bien quelque chose de son fils en elle. Une hésitation, un déséquilibre.

Agnes suivit Justin dans sa chambre, à l'étage, où une chaîne dégueulait un bruit aux basses largement trop dominantes. Elle se demanda comment on pouvait vivre dans un terrier pareil. Cela empestait les hormones mâles et le malheur. Elle ouvrit une fenêtre, respira un moment l'atmosphère froide et pure de l'extérieur, puis s'assit sur le lit et le regarda.

— Tu ne crois pas que tu prends cette histoire de damnation un peu trop au sérieux ?

— Je voudrais t'y voir.

— Il existe une frontière ténue entre un romantisme élimé et une tronche abominable, tu sais.

Justin serra les mâchoires, furieux.

— Je me fiche de ta frontière ténue, et ce n'est pas romantique. Et décampe d'ici, je n'irai nulle part.

— Ne t'énerve pas, ça ne te va pas. (Le prenant par le bras, elle lui adressa son sourire le plus béat.) Allez, viens, un peu d'air te fera du bien.

Elle attendit que sa résistance se dissipe puis le guida doucement par le coude. C'est en traînant des pieds, comme un enfant, qu'il la suivit dans l'escalier jusqu'au hall d'entrée. Son manteau gris gisait sur une chaise, près de la porte. Agnes le ramassa, le lui tendit.

Sur le seuil, il hésita, regarda derrière lui.

— Laisse le chien, soupira-t-elle. Allons-y.

La promenade fut hélas un échec. En dépit de ce beau jour d'automne au ciel bleu magnifique, la voix de la jeune fille donna la migraine à Justin. Ses jambes étaient également lasses et lourdes. Quand ils revinrent enfin chez lui, il prit congé sans évoquer de prochaine rencontre, monta droit dans sa chambre et se coucha. Plus tard, lorsque sa mère frappa pour lui proposer de dîner, il feignit le sommeil.

Il somnola, fut réveillé bien après minuit par des bruits sourds et réguliers en provenance de la chambre de son frère. Au bout de quelques minutes, il alla voir. Par le battant entrebâillé, il découvrit un Charlie en pleine forme qui regardait un livre d'images. Le sol de la pièce était jonché des bouquins qu'il avait jetés par-dessus les barreaux de son lit.

Remarquant son aîné, le bébé gazouilla de plaisir. Le visage rayonnant, il se leva et tendit les bras. Justin alluma la lampe en forme de bateau.

— Tu n'as pas peur, dans le noir ? lui demanda-t-il.

— Peur, répéta Charlie.

Justin sortit son frère de sa prison moelleuse et le déposa par terre où il resta assis dans sa grenouillère, les traits empreints d'une intense concentration.

— Cubes, dit-il soudain en pointant sa main potelée vers le coffre à jouets.

Justin fouilla parmi les peluches, les instruments de musique, les jeux, les biscuits et les chaussettes dépareillées, extirpant de cette caverne d'Ali Baba le maximum de cubes en bois qu'il trouvait. Tous étaient peints d'une lettre de l'alphabet.

— Tu veux écrire des mots ? demanda-t-il, très fier de son altruisme.

Pauvre petit bougre qui ne pouvait pas s'exprimer ! Il allait peut-être réussir à lui apprendre quelques jurons. Charlie était déjà en train d'organiser les cubes. J, S, T. Il posa un regard intense sur Justin.

— Ça ne veut rien dire, décréta ce dernier en cherchant une voyelle. Tiens, C-H-A-T, chat.

Le marmot soupira et prit d'autres cubes qu'il ajouta à ceux déjà ordonnés. J, S, T, N, P, E, R. Les voyelles manquaient.

L'attention de Justin vacillait. Il en avait déjà assez de ce jeu. Le bébé s'affaira sur sa rangée de lettres, ajouta un I entre le T et le N et tapa des mains.

— 'Garde !

— Super ! commenta Justin en retrouvant sa bonne humeur. Hourra ! Qu'est-ce que tu nous as écrit ?

Il jeta un coup d'œil aux cubes, sursauta, se figea. Blême, il contempla son petit frère.

— Bon sang de bois ! Comment as-tu fait ça ?

Tout à sa tâche, l'enfant ne releva pas la tête.

Q, U, O, I.

— Jstinperquoi ? Qu'est-ce que ça signifie ? Qu'essaies-tu d'écrire ?

Une expression d'infinie patience sur le visage, Charlie ajusta les cubes.

— 'Garde ! répéta-t-il, très content de lui-même.

Justin obtempéra. Les lettres avaient été divisées avec plus de soin, à présent, et de grands espaces séparaient les mots, si bien qu'il ne subsistait plus aucun doute sur le sens de sa phrase.

JSTIN PER QUOI.

Justin le fixa avec ahurissement, retourna aux cubes.

Peur de quoi ?

Peur que se produise un événement irréversible. Peur d'être estropié, blessé, tué. Peur que quelque chose arrive, à lui ou à quelqu'un qu'il connaissait, quelque chose de si atroce qu'il ne s'en remettrait jamais.

Était-il concevable que l'enfant comprenne le sens de sa propre question ? Avait-il arrangé les lettres par un acte prémédité ? Ou cela relevait-il d'une de ces expériences où l'on assoit un singe devant une machine à écrire ? Si l'on fournissait à Charlie un énorme stock de cubes, finirait-il par remplir sa chambre avec *Hamlet* ?

L'étrangeté purement cosmique de l'exploit de son frère et de la question improbable de son cryptogramme déclenchèrent les tremblements de Justin. Il faut que je lui demande, pensa-t-il. Il faut que je trouve un moyen de communiquer avec lui. Il tâtonna à la recherche de nouveaux cubes, mais il était trop tard. L'enfant dormait profondément, ses doigts roses et dodus serrés autour de son singe en peluche.

Justin le recoucha avec des gestes tendres, le borda et regagna sa chambre à pas lents. Effrayé, il s'allongea sur son lit, quille tournoyant sur une piste de bowling céleste.

Et si je proposais une trêve au destin ? songea-t-il. Un marché ? Tu vis ta vie, et moi la mienne. Pas de surprises, personne ne souffre.

Ce ne fut qu'à l'aube qu'il céda au sommeil.

20

Je ne passe pas de marchés, Justin. Et c'est moi qui distribue les cartes.

Voici les tiennes : deux cœurs sans importance. Un joker. Un petit trèfle minable.

Pioche !

Oh ! L'as de pique !

Je suis *vraiment* désolé.

21

Justin se réveilla en sursaut avec la certitude immédiate et absolue qu'il devait quitter la maison. Le destin se rapprochait, lui envoyant des messages menaçants sous des formes étranges.

Peur de quoi ? Ha ! Ha ! Ha ! Pourquoi ne t'adresses-tu pas à moi directement au lieu de poser des questions perverses par le biais de Charlie comme s'il était une espèce de planchette Ouija[1] ?

1. Planchette de divination destinée à entrer en contact avec les esprits. Y sont dessinés les lettres de l'alphabet, les chiffres et les mots « oui » et « non ». Une flèche ou un curseur permettent à l'esprit convoqué et interrogé de donner ses réponses lettre par lettre. Très en vogue à la fin du XIXe siècle, où le spiritisme faisait rage.

Peur de quoi ?

En dépit de la lumière vive et joyeuse du matin, la seule réponse qui lui vint à l'esprit comportait des milliers de possibilités plus affreuses les unes que les autres. Ça n'avait plus d'importance – il savait désormais ce qu'il lui restait à faire. Il fourra quelques affaires et sa brosse à dents dans un sac puis sortit sur le palier, paré pour son voyage.

Bonjour, dit Charlie, du plancher où il était assis, son singe dans une main, dans l'autre une cuiller en bois qu'il faisait évoluer dans l'air, tel un avion. Justin se baissa à son niveau et le regarda droit dans les yeux.

— Depuis quand connais-tu tes lettres, bonhomme ?

Charlie soutint son regard quelques instants avant de répondre. La question que je t'ai posée cette nuit était importante, déclara-t-il. Tu dois y répondre, sous peine de ne jamais te remettre du jour où j'ai essayé de voler.

— Cubes ! cria-t-il avec emphase en frappant le sol de sa cuiller.

Ne s'étant pas attendu à de plus amples explications, Justin embrassa l'enfant, glissa son passeport dans sa poche, siffla son chien, annonça à sa mère que son voyage scolaire avait été avancé d'une semaine et partit pour l'aéroport de Luton.

Quand il monta dans le bus, il sentit la force

d'attraction du passé se déliter. C'était bon. La route était à lui, à présent. Plus il se rapprochait de l'aérodrome, plus il se sentait libre, comme une comète filant à travers une apesanteur infinie où toutes les rencontres devenaient possibles.

Terminal central. Le bruit feutré des portes automatiques, le glissement de l'acier et du verre emplirent Justin d'impatience. Ici, pas de rideaux, pas de tables, pas d'ustensiles de cuisine. Pas de tas de linge sale ni de tiroirs débordant de pyjamas à carreaux. Rien de familier, rien de familial, rien de confortable. Rien n'ayant son odeur ou son numéro de Sécurité sociale.

Pourquoi n'y avait-il pas pensé plus tôt ? Le problème résidait dans son environnement. La petite chambre étriquée, les parents conventionnels, la maison lugubre. La rue. Le lycée. Ici, il lui était possible de briser les centaines de liens minuscules qui l'ancraient à la terre. Il était en transit. Il était en cavale. Il était Gulliver, Neil Armstrong, Bonnie et Clyde, tous ces êtres en un seul.

Il se rendit au comptoir des renseignements, obtint le formulaire autorisant un mineur à voyager seul, le remplit en imitant la signature de ses parents, s'acheta un sandwich et un café et s'assit en attendant un vol. Il étudia l'une après l'autre les destinations : Vérone, Antalya,

Rhodes, Zakynthos, Barcelone, Salonique, Istanbul, Nîmes, Brest, Halifax.

Trois heures durant, il ne broncha pas de son siège, immobile comme l'œil d'un cyclone au milieu du tohu-bohu de l'aérogare, qui finit d'ailleurs par le fatiguer. Se déplaçant dans un coin tranquille, il roula en boule son manteau pour s'en faire un oreiller, s'endormit et rêva qu'il était une souris perdue dans un labyrinthe. Il courait en rond pendant des siècles avant de trouver une vaste allée qui menait à la liberté... puis découvrait qu'elle était bloquée par la gueule d'un énorme chat mécanique.

MIAOU !

Tiré de son sommeil, il bondit, effrayé, désorienté, se cogna la tête au montant métallique de la fenêtre. Gaillard était éveillé et le contemplait d'un air anxieux. En dépit de son cauchemar horrible, Justin conserva son calme. Le chat du rêve était un meurtrier, mais la souris avait survécu.

Il s'étira, dénicha les toilettes. D'autres heures passèrent, pendant lesquelles il erra de cafés en kiosques, lisant des magazines consacrés à des sujets qui ne l'avait jamais intéressé, feuilletant des guides touristiques, agitant des boules à neige, observant les allées et venues des voyageurs. Ici, le temps s'écoulait vite. Justin avait l'impression d'être anonyme, il était détendu.

Lorsque la faim le tenailla de nouveau, il se

rendit à la cafétéria, poussa son plateau sur les rails chromés avec d'autres clients en transit. Il choisit des saucisses-purée, un gâteau au chocolat et un jus d'orange, les paya avec l'argent de poche que sa mère lui avait donné pour le voyage scolaire. Il mangea lentement, heureux d'être observateur. Il était le seul sans mission, sans avion à attraper, sans déjeuner à servir, sans enfant à distraire. Alentour grouillaient des groupes de passagers de toutes les nationalités et de toutes les couleurs, de toutes les tailles, de toutes les formes et de toutes les orientations sexuelles. Parfois, frappés par son visage, son manteau ou même son chien, certains lui souriaient, établissant ainsi la relation humaine la plus ténue qui fût, une nanoseconde de fraternité.

Nous sommes tous logés à la même enseigne, lui disait leur silence dans des tas de langues différentes. Alors, en un éclair, il comprit qu'il n'avait plus besoin d'écumer le monde à la recherche de sa destination.

Il était arrivé.

22

Rester allongé huit heures sur une rangée irrégulière de sièges en plastique moulé n'est pas forcément synonyme d'une bonne nuit de sommeil pour tout le monde. Pourtant, malgré ses jambes coincées sous les accoudoirs métalliques, les dix mille watts aveuglants de lumière fluorescente qui inondaient les lieux, les centaines de voyageurs ronchons pour seule compagnie et une vieille couverture d'avion en acrylique pour se tenir chaud, Justin dormit comme un bébé, son fidèle animal à ses pieds.

Il était presque serein.

Bercé par les cliquetis du chariot de la femme

de ménage, il sombra dans une agréable inconscience comme il n'en avait pas connu depuis des années. Le violent éclairage artificiel l'enveloppa d'une puissante sensation de bien-être ; il comprit alors qu'il avait toujours eu peur du noir.

L'agitation des premiers départs et arrivées du matin ne le dérangea pas, et il s'éveilla à huit heures du matin, frais et dispos.

En ce premier jour de sa nouvelle existence, il s'octroya un copieux petit déjeuner anglais dans le café situé en face du salon des premières classes. Mis à part les champignons, qui avaient un fort goût de plastique, le repas lui parut parfait – abondant et réchauffé au micro-ondes. Quand il demanda un supplément de toasts, la femme d'âge moyen qui se tenait derrière le comptoir refusa son argent.

— Garde ça pour ton voyage, lui dit-elle en lui tendant une assiette pleine de tranches de pain froides et à moitié brûlées ainsi qu'une poignée de plaquettes de beurre individuelles et cinq mini-pots de confiture à la fraise.

Il lui sourit.

Justin s'attaqua à son repas sans se presser. Il avait tout son temps. Il était donc presque dix heures quand il termina d'avaler sa nourriture et de lire les journaux qui avaient été abandonnés sur les tables voisines.

Il s'essuya la bouche et empila soigneusement

sa vaisselle sale et ses emballages vides pour faciliter le travail de la serveuse puis, laissant ses affaires sous la surveillance de Gaillard, il suivit le parcours fléché qui menait aux cabines de douches. Là, il glissa une pièce d'une livre dans la fente d'un haut tourniquet, entra avec bonheur dans la salle embuée et tiède et choisit une cabine. Le jet puissant et brûlant lui donna l'impression d'un miracle. Il se tint dessous, immobile, tandis que l'eau s'abattait sur ses cheveux, dégoulinait dans sa nuque et son dos, coulait sur ses hanches étroites, le long de ses jambes et de ses chevilles, tourbillonnait autour de la plante de ses pieds avant de disparaître par la bonde. Il resta ainsi une dizaine de minutes, laissant la chaleur envahir ses muscles, le tremper jusqu'aux os. Il prit alors conscience de sa chance, du privilège d'être vivant et en bonne santé, et d'habiter l'aéroport de Luton.

Il s'attarda tellement que l'employé en vint à cogner à sa porte pour l'inciter à se dépêcher. Il n'en eut cure. Il était en paix, réchauffé au plus profond de son être. Lorsqu'il coupa la douche, le silence le frappa tout d'abord. Il lui fallut un bon moment pour comprendre que la bande-son qui l'avait accompagné partout ces derniers temps – le bourdonnement incessant de son angoisse – s'était tue.

Il eut envie de chanter, de crier, de hurler son soulagement.

Il se contempla dans le miroir pendant qu'il se brossait les dents, remarqua une différence sur le visage qui lui retournait son regard. L'expression traquée s'était évaporée. Il ressemblait moins à un enfant nerveux, plus à un adulte.

L'employé tambourina une nouvelle fois à sa cabine, plus fort.

Justin s'essuya le cou et les cheveux avec une serviette en papier. Jamais il n'avait eu le sentiment d'être aussi propre. Une livre de savon et l'eau chaude avaient suffi à nettoyer la poussière de son âme, à extirper son cerveau de sa fange, à révéler les traits sous le masque.

Il tendit la main. Nulle trace de tremblement. Il était fort. Invincible.

Tu peux bien te déchaîner, dit-il au destin.

Tu paries ?

23

Pendant trois jours, Justin vécut dans un état d'hibernation qui revêtit des allures de bonheur domestique.

Toutes les nuits, il s'installait sur sa rangée de sièges en plastique moulé bleu et dormait profondément, son chien à son côté. Un nouveau rêve remplaça celui de la souris et du chat. Là, il était nu, enveloppé par un air si dense et si chaud qu'il y flottait comme une bouée ; il était un dirigeable qui planait dans l'atmosphère confinée de l'aéroport. De là-haut, près du plafond, il observait les pérégrinations de l'humanité, tel un dieu de moindre importance qui, de temps à autre, abaissait ses ailes imaginaires pour se mêler aux gens, amusé, joueur, omnipotent.

Tous les matins, il se réveillait le corps décontracté et l'esprit clair, optimiste.

Il s'aperçut brusquement qu'il était heureux, et cette sensation était si théâtralement neuve, si différente qu'il éprouva le besoin d'en avertir Agnes.

— Où es-tu ? couina-t-elle au bout du fil. Je suis morte d'inquiétude.

— À l'aéroport de Luton.

— Quoi ?

— Je suis à l'aéroport.

— Tu pars ou tu arrives ?

— Hum... j'y habite.

— Bizarre... C'est bien ? demanda-t-elle après un court silence.

— Oui. C'est parfait.

— Comment ça ?

— Difficile à expliquer.

— *Essaye.*

Il réfléchit.

— C'est paisible. Rien de familier. Personne ne sait qui je suis.

Elle ne réagit pas.

— Ce n'est même pas un endroit, reprit-il. C'est un endroit qui mène à un autre. Les limbes, genre.

— Je n'avais pas envisagé ça ainsi.

— Moi non plus. Mais bon, imagine un peu, et tu y es.

— C'est toi qui y es.

Une pause. Puis résonna le signal annonçant que la ligne allait être coupée, faute de crédit.

— Agnes...

— Je serai là-bas dans une demi-heure.

La communication fut interrompue.

24

Il sut tout de suite qu'elle était là. À côté de lui, les oreilles de Gaillard s'agitèrent, et l'animal se positionna pour la voir arriver. Malgré l'immensité du terminal, Justin identifia les poches de silence ahuri qui se formaient à son passage, suivies par un bourdonnement de murmures. Il se demanda comment elle était habillée.

De la mezzanine où il se tenait, il distinguait presque tout l'aérogare. C'est avec un mélange de tendresse et de respect craintif qu'il observa les vagues mouvantes de la foule dérangée au fur et à mesure qu'Agnes s'y frayait un chemin.

Il l'aperçut enfin. Elle portait ses bottes vertes

en serpent, d'épais collants roses, un minuscule short en velours vert et un corsage collant presque transparent aux manches si longues qu'elles couvraient ses doigts, traînaient presque par terre. Sous son bras, la peau ébouriffée d'une énorme bête en acrylique (un sac). Ses cheveux roses étaient couronnés d'un chapeau pointu en laine blanche décoré de pompons multicolores qui tressautaient. L'étui de l'appareil photo complétait le tableau.

À présent, Justin percevait le martèlement de ses bottes à gros talons. Il sourit, un instant ému par l'amitié qu'elle lui témoignait. Se penchant par-dessus la rambarde, il lui fit signe.

— Agnes ! la héla-t-il.

Levant les yeux, elle lui adressa un grand sourire et répondit chaleureusement à ses gestes tout en réussissant à prendre quelques photos.

Il désigna l'escalier mécanique situé à l'autre bout du hall. Ils l'atteignirent en même temps, et il descendit à sa rencontre. Gaillard resta au sommet à trembler et gémir. Puis il poussa un long jappement aigu, le premier que Justin lui ait jamais entendu émettre.

Sauf qu'il n'avait pas le temps de s'inquiéter de Gaillard.

Impatiente, Agnes avait emprunté l'escalier mécanique. Quand ils furent presque à hauteur l'un de l'autre, elle se hissa maladroitement sur la section centrale et se laissa retomber une marche en dessous de Justin. Elle recula, l'examina.

— Tu as l'air différent, décréta-t-elle en plissant le front. Mieux, ajouta-t-elle en changeant l'objectif de son appareil.

Il acquiesça.

— Qu'en est-il de..., demanda-t-elle à voix basse. De ce que tu sais ?

Écartant les bras, il haussa les épaules.

— Quelque chose a changé, répondit-il. Je me sens plus léger, plus heureux. Libre. Comme si j'avais été déchargé d'un poids. J'ai conscience que ça paraît ridiculement dramatique.

Il sourit, incapable de contenir sa joie.

— En tout cas, conclut-il, il est parti.

Tous deux se penchèrent en avant, soit pour s'embrasser, soit pour quitter ensemble l'escalier – impossible à dire. Car, dans la fraction de seconde qui suivit, l'air fut déchiré par une explosion si bruyante que ses vibrations secouèrent les tissus mous de leurs corps avant que son vacarme ne leur parvienne aux oreilles. Ils furent expédiés à deux mètres ou plus du sol puis s'écrasèrent violemment à terre, comme toutes les personnes présentes dans l'aéroport, cadavres compris.

25

Posez la question à n'importe quel acteur, joueur de tennis ou grand cuisinier.

Tout est dans le timing.

26

Qui peut prétendre savoir à quoi s'attendre après une déflagration de pareille ampleur ? Ton cerveau lutte pour digérer une information dont il n'a aucune expérience, cogite afin de trouver une explication à la douleur qui laboure ton épaule, à la torsion impensable d'une jambe repliée sous ton plexus solaire, une jambe qui entre dans ce plexus solaire, une jambe qui ne t'appartient pas.

Pour commencer, tout paraît extrêmement silencieux, excepté un tintement continuel pareil à des cloches d'église. Puis, à mesure que tes yeux s'habituent à l'angle singulier de ta tête, et que tu réussis à soulever suffisamment cette dernière afin de regarder autour de toi, il devient clair qu'il ne s'agit pas du tout d'un silence, plutôt d'une incapacité à entendre, due à l'explosion. Car partout se déroulent des événements très bruyants – bouches ouvertes sur des cris, vastes panneaux de verre dégringolant de leurs cadres tordus. Or tout s'écroule d'une façon bien trop lente et muette.

Tu te rappelles soudain de l'autre personne, son nom t'échappe, mais tu sais à quoi elle ressemble, tu sais qu'elle n'est pas là ou, du moins, que tu ne la repères pas dans les quarante-cinq degrés auxquels est réduit ton champ de vision. Tu te redresses lentement, douloureusement, te mets à genoux, balaies les environ d'un regard paisible puisque, en fin de compte, tu t'attendais depuis le début à une catastrophe – et ce que tu découvres a l'air d'avoir été provoqué par un avion énorme dont le nez désormais plié fume, presque perpendiculaire au sol, quasiment à l'endroit où tu te tenais cinq minutes plus tôt. L'appareil est intact, posé en équilibre artificiel sur son museau, monstrueux pachyderme gris d'un numéro de cirque grotesque. Tes yeux remontent, fascinés par le léger balancement du fuselage, enfin de ce qui n'en est pas caché par les ruines du toit du terminal.

C'est encore pire que ce que tu avais imaginé.

Force t'est d'admettre pourtant que c'est, quelque part, assez gratifiant.

Je vous l'avais bien dit.

Je *te* l'avais bien dit.

À présent, les gens commencent à bouger. À présent, c'est quand tu remarques les belles flammes d'un orange hypnotisant, délicat et de bon aloi qui lèchent la surface de l'avion qui vient de s'écraser.

Une main se pose sur ton épaule, celle qui fait mal, et la fille dont tu as oublié le prénom est debout près de toi. Disons qu'elle vacille plutôt qu'elle n'est debout. Son visage est ensanglanté, mais elle ne paraît pas souffrir. Un appareil photo à la main, elle essaye de te dire quelque chose, mais tu te bornes à la contempler avec un sourire béat, tant tu es heureux de la retrouver. Tu vois bien que sa bouche s'agite autour des mots qu'elle t'adresse, bien que tu n'en perçoives rien de rien.

Elle te prend par la main, te remet sur tes pieds, et vous commencez à vous éloigner d'une démarche chancelante due à tous les débris et les corps et les lambeaux de corps qui encombrent votre chemin, due aussi aux hématomes et aux blessures non encore répertoriés qui affectent vos physionomies ainsi qu'au manque d'assurance que le choc a déclenché en vous. Vous accélérez peu à peu, et vous courez presque une fois que vous avez appris à mieux éviter par terre les obstacles dont vous vous souvenez qu'ils risquent d'être dangereux ou répugnants, que vous vous remémorez aussi comment aller plus vite alors que vous n'auriez jamais cru que vous pourriez l'oublier, même l'espace de quelques minutes. Des tas de souvenirs vous reviennent d'ailleurs – le feu blesse – au fur et à mesure que vous trottinez en direction d'un trou qui s'est formé dans le flanc de l'édifice, en choisissant soigneusement votre itinéraire au milieux des corps inertes, blessés, morts, en esquivant les bouts de métal fondu incandescents, les stalactites de verre mortellement instables, les flaques de sang.

Certaines des choses que vous croisez sont bizarres et, en dans d'autres circonstances, dans un contexte où elles sembleraient plus réelles, elles seraient susceptibles de vous perturber. Les membres inférieurs de quelqu'un paraissent avoir été plantés à l'envers sous son tronc, et une main gît seule sur le sol, comme si elle avait été abandonnée là. Plus loin, il y a ce qui ressemble à un torse privé de bras et, un instant, tu es bien content de ne pas entendre les bruits qui s'échappent de la tête de cette larve.

Soudain, tu stoppes net. Voici que tu tombes sur le détail le plus étrange de cette étrange journée. C'est un magazine surdimensionné répandu par terre, froissé, couvert de sang. À l'intérieur des pages ouvertes, la photo d'un garçon habillé de vêtements vaguement familiers ; le visage qui te toise te rappelle quelqu'un ou quelque chose, mais tu ne sais pas quoi exactement. Le modèle est mince, il a le corps légèrement détourné. Ses cheveux sont trop longs, sa peau est très pâle. Ses mains sont enfouies dans les poches avant de son jean, ses traits un peu flous. Un gros titre s'étale en haut de la page, malheureusement certaines lettres ont été effacées par du sang. Ce que tu parviens encore à lire dit : JEUNE DAMNÉ.

On ne t'autorise pas à t'attarder pour réfléchir à ce drôle de cliché. La seconde d'après, tu es tiré en avant, puis tu te retrouves dehors, à respirer un air qui ne te brûle pas les poumons, contrairement à l'atmosphère âcre qui régnait dans l'aérogare.

Quel soulagement d'être à l'extérieur ! Loin des bouches qui hurlent en silence et des ruines qui s'affaissent sans bruit. Quand elle ne mitraille pas la scène avec son appareil, la fille t'entraîne par le bras, ce qui commence à t'agacer et te fait mal, mais sa poigne est d'une étonnante fermeté au regard de son apparence, menue et délicate, d'autant qu'elle n'a pas de chaussures et que, à en juger par les empreintes rouges qu'elle sème derrière elle, la plante de ses pieds saigne.

Tu as envie de t'arrêter, d'examiner les parages, tu aimerais bien avoir un appareil toi aussi pour immortaliser le spectacle ahurissant d'un DC-10 en partie intact mais dont le nez a envahi le salon de ton nouveau chez-toi. Pourtant, tu cèdes à la pression sur ton bras, parce que te débattre ne fait qu'ajouter à ta peine physique, et qu'un supplément de douleur est la dernière chose dont tu as besoin en ce moment. Tu pleurerais presque de souffrance lorsqu'elle te lâche enfin et te permet de te retourner, t'invitant à suivre la direction de son doigt tendu qui désigne la partie de l'avion maintenant engloutie par l'incendie. Ensuite, tu cèdes de nouveau à ses instances, tu te remets à avancer, et lorsque tes pieds frappent le tarmac au rythme familier de la course, les mots se déroulent dans ton crâne, doux et délicieux, pareils à une comptine pour convalescent fredonnée de travers ; ils chantonnent : *jeune damné, jeune damné, jeune damné.*

27

Pas de ce dédain, je te prie. Je n'ai aucun plaisir particulier aux catastrophes. Certains jours ne verront que de bonnes actions.

À ton avis, qui réunit les amants, les fratries depuis longtemps éclatées ? Qui autorise les guérisons miraculeuses ?

Qui permet à l'estropié de danser, au demeuré de penser ?

Les survivants s'en sortent.

28

— C'est bon, Justin, je crois qu'on est assez loin, maintenant.

Agnes parlait fort, à quelques centimètres seulement de l'oreille du garçon, mais il ne réagit pas – ne sursauta pas, ne se retourna pas, ne montra en rien qu'il l'avait entendue. Elle tapota son épaule. Quand il se détacha du spectacle fascinant du terminal en feu, elle l'invita par un geste – paumes abaissées plusieurs fois de suite vers le sol, telle une institutrice de maternelle qui calme les enfants de sa classe – à s'asseoir.

Docile, il obéit.

Ils avaient mis assez de distance entre eux et

l'aérogare pour ne plus courir aucun risque. Une éventuelle déflagration devrait d'abord traverser la piste d'envol principale avant de les atteindre. Agnes haletait ; elle se rendit également compte, pour la première fois, que ses pieds étaient douloureux et saignaient. Elle avait l'esprit suffisamment clair cependant pour se rappeler la succession des événements et être interloquée d'avoir perdu ses bottes dans la bataille. Les explosions avaient décidément de drôles de conséquences.

Au moment où ils s'asseyaient, une petite boule incandescente surgit de la queue du DC-10, suivie d'une deuxième puis d'une troisième ; la fumée noire qui s'échappait du nez brisé s'épaissit ; soudain, une détonation retentit, et l'avion partit en mille morceaux, réduisant à néant ce qui restait du terminal.

Justin contemplait la scène avec des yeux exorbités, des yeux qui ne cillaient pas, comme déconnectés de son cerveau. Il ressemblait plus à un enfant qu'au jeune homme désorienté qu'il était, un môme qui aurait admiré un feu d'artifice avec excitation, guettant la prochaine fusée.

En même temps, songeait Agnes, elle devait lui reconnaître qu'il avait mis dans le mille, avec son histoire dingue de jeunesse damnée. Non qu'elle eût jamais pensé qu'il délirait. Seulement, la malédiction était un bien grand mot, un terme mélodramatique, pour exprimer ce qui n'était, selon elle, qu'une anxiété adolescente ordinaire. Se pouvait-il qu'il eût pressenti la catastrophe dès le début ? Se pouvait-il qu'elle fût une espèce de prémonition de son propre sort ?

Réfléchir intensément à un sujet aussi délicat lui donnait mal à la tête.

Assise sur le tarmac, saignant doucement, observant les ruines de l'aérogare se répandre en une soupe de verre, de métal et de chair humaine, elle se demanda s'ils étaient en vie parce qu'ils étaient bénis ou, au contraire, maudits.

Elle se demanda s'il s'agissait là du début de la fin de l'affrontement entre Justin et son destin ou juste un banal incident de parcours.

29

Le crash fit la une des journaux jusqu'à Los Angeles et Pékin, offrant aux experts en terrorisme une couverture médiatique mondiale. Scotland Yard s'empara de l'affaire, une gigantesque enquête fut lancée, des suspects furent arrêtés, des kilomètres de surveillance vidéo examinés à la loupe, encore et encore.

Il allait falloir des mois pour que les policiers concluent finalement à une défaillance technique due à la vétusté de l'appareil. Au grand dam des médias, rien ne permit d'impliquer d'éventuels poseurs de bombes, conspirateurs ou criminels de tout poil.

Justin n'avait cure de ces conclusions, toutefois. Il connaissait le responsable, et il eut besoin de toute sa maîtrise de soi pour ne pas céder à l'envie de tout raconter aux enquêteurs. Si la balle qui vous était destinée tuait un innocent, cela faisait-il de vous le complice d'un meurtre ?

Il alla s'installer chez Agnes. Rien qu'un ou deux jours, la supplia-t-il. Comment aurait-elle pu refuser ? Visiblement, il était en état de choc et, par ailleurs, rentrer à la maison aurait supposé beaucoup trop d'explications – ses parents le croyaient en voyage scolaire. Au pays de Galles.

Ils se claquemurèrent dans l'appartement comme des réfugiés. Les objets familiers, l'odeur, la couleur et la chaleur de son foyer apaisèrent Agnes, mais les jambes de Justin continuèrent de s'agiter, et le tic de sa paupière s'accentua. Pendant qu'elle mettait des draps propres sur le canapé, il fit courir ses doigts à l'infini sur le poil ras et doux d'un fauteuil en velours. Elle fouilla ses tiroirs pour lui trouver un pyjama à sa taille puis alla s'effondrer dans sa chambre.

À quatre heures du matin, elle fut réveillée en sursaut par un grattement à sa porte. Un animal. Ce n'était que Justin, habillé de pied en cap, le regard égaré. Il s'essayait à sourire.

— Miaou ! miaula-t-il. Il te faudrait une chatière.

Agnes retomba sur ses oreillers, le cœur battant.

— Que se passe-t-il, Justin ? Tu n'arrives pas à dormir ?

Il secoua la tête et, en soupirant, elle se leva.

— Je vais nous préparer du thé.

Elle porta le plateau au salon. Justin se focalisa sur les doigts de la main gauche qui versaient le lait dans les tasses fumantes. Il se sentait embarrassé, détaché du monde des humains. J'aimerais faire l'amour avec ces doigts, pensa-t-il en serrant les yeux. Lorsqu'il les rouvrit, elle avait attrapé son appareil photo.

— Agnes..., commença-t-il.

— Oui ?

Clic-clic-clic.

— S'il te plaît, Agnes. J'ai perdu mon chien.

Elle cessa de le mitrailler. Il avait sauté sur ses pieds, arpentait la pièce, malheureux.

— Je ne l'ai pas revu depuis la catastrophe.

— Viens t'asseoir, Justin. Je suis désolée pour ton chien.

— Non, rétorqua-t-il en la toisant. Tu ne l'es pas. Tu dis ça pour me faire plaisir.

— Oh si ! se hérissa-t-elle à son tour. Je suis désolée pour ton clebs. Et d'abord qu'il existe, figure-toi !

L'aurait-elle giflé, il n'aurait pas eu d'autre expression. Elle eut honte.

— Je t'en prie, Justin, ce n'est pas facile pour moi non plus.

Il s'assit, furieux, ses jambes incapables de se calmer.

— J'ai vu quelque chose à l'aéroport, Agnes.

En dépit de l'atrocité de l'événement, elle avait hâte de trier les clichés qu'elle avait pris là-bas, de revisiter le désastre. Quel détail, au milieu de pareille dévastation, avait réussi à effrayer ainsi le garçon ?

— Pourquoi ne me l'as-tu pas montré ? enchaîna-t-il.

— Quoi donc ?

— Le magazine. *Jeune damné.*

— Mais je te l'ai montré ! se récria-t-elle, ahurie. Je te l'ai donné dès qu'il est sorti. Je t'ai appelé pour te demander si tu l'avais aimé.

Se relevant, il s'efforça de réfléchir ; hélas, son cerveau refusait de coopérer. Il secoua la tête.

— Ce n'est pas grave, de toute façon. Tu te rends compte du coup que tu m'as joué, là ? Tu m'as porté la poisse. C'est ta faute. Comme si je n'avais pas assez la poisse comme ça !

— Justin...

— Quoi ?

— Tu étais magnifique, sur ces photos.

— J'étais maudit, oui !

Rage mêlée d'angoisse. Agnes était déconcertée. Elle ne parvenait pas à suivre sa logique.

— Voudrais-tu te poser cinq minutes, s'il te plaît, Justin ? Tu n'as pas dormi du tout ?

— Le sommeil des morts. Des damnés. Pour répondre à ta question, non.

Il se tourna une nouvelle fois vers elle, les yeux étincelants et pleins de chagrin.

— Comment fermer l'œil avec la conscience chargée de sang ? ajouta-t-il.

Du revers de la main, il s'essuya le visage, et elle vit combien il était épuisé et terrorisé.

— Tu ne te sens tout de même pas responsable, hein ?

— Bien sûr que non ! Bien sûr que si ! s'exclama-t-il en marchant vivement autour de la pièce.

Agnes se mit debout, l'intercepta et le repoussa gentiment sur le canapé.

— J'avais raison, Agnes. N'est-ce pas que j'avais raison ?

— Je t'en prie, Justin, arrête. Tu es en pleine confusion.

— Non ! Pas du tout. Je n'ai jamais été aussi clair. Je *vois* des choses.

Une bouffée de peur s'empara de la jeune fille.

— Quelles choses ?

— Ce qui va arriver. La maladie, la mort, les catastrophes. *Évite-moi, bébé, j'ai des embrouilles.*

Cette dernière phrase avec l'accent d'un cowboy grotesque.

— Justin ? dit Agnes d'une voix calme et lente. Tu es vivant. Tu vas bien. C'est fini.

— Non ! cracha-t-il durement.

Il attrapa un exemplaire du magazine surdimensionné au sommet d'une pile bien rangée de journaux et l'abattit sur la table. Il n'eut même pas à chercher, les pages s'ouvrirent d'elles-mêmes sur son portrait, sous le titre : ANTIENNE POUR UN JEUNE DAMNÉ. Il contempla cet autre lui-même dont le visage prédisait un drame à venir.

— Ce n'est que de la mode, Justin.

— Vraiment ? Pour moi, ça ressemble plus à du fichu Nostradamus !

Bon sang ! songea Agnes tandis qu'il décampait en claquant la porte derrière lui. Il a raison sur un point au moins.

Ce n'est pas terminé. Pas encore.

30

Après la catastrophe aérienne, Agnes passa la plupart de son temps à son bureau. C'était un refuge, et elle s'aperçut qu'il lui était impossible de se détacher des images téléchargées sur son ordinateur. Elle vendit à une agence de presse une poignée de clichés, dont l'un montrait, en arrière-plan, la silhouette floue d'un garçon vêtu d'un manteau gris caractéristique. Les meilleurs, elle les garda pour elle.

Livré à lui-même, Justin affrontait la pluie et le froid à toute heure de la nuit et du jour, écumant le quartier à la recherche de Gaillard. Il appelait Agnes de toutes les cabines téléphoniques qu'il croisait pour lui dégoiser d'incohérentes théories à propos de conspirations cosmiques. Elle en vint à ne plus décrocher. Alors, il lui laissa des messages.

— J'ai averti les refuges pour animaux, la police et l'armée, lançait-il au répondeur d'une voix que l'anxiété déchirait. Si j'avais une photo, je pourrais placarder des affiches, mais cela ne servira à rien s'il a été assassiné. Tu crois qu'il a été assassiné ? Agnes ? Tu es là ? *Réponds !*

Puis il repartait, sifflant son chien. Ses pieds chuintaient sur le goudron inégal, pataugeaient dans des flaques huileuses. La monotonie des étendues de banlieue ne le distrayait en rien de la panique qui vrombissait dans son cerveau.

Agnes tenta de se convaincre qu'il finirait par accepter la tragédie, qu'avec le temps il reviendrait à une forme de normalité. Si seulement il retournait chez lui, au lycée ! Si seulement il oubliait ce crétin de clébard ! Surtout ça, d'ailleurs.

Quand elle enfonça sa clé dans la serrure, elle évita de faire du bruit dans l'espoir qu'il serait assoupi. On ne peut pas continuer comme ça, se dit-elle en se glissant dans son lit, à la fois soulagée de son absence et coupable de son soulagement. Il ne va pas bien. Il a besoin de sommeil. Je vais devenir folle.

Elle dormait profondément lorsqu'il rentra.

Par respect, il frappa doucement. Puis il appuya sans vergogne sur la sonnette. Elle ouvrit enfin la porte, enveloppée dans un court peignoir de soie. Même au sortir du lit, ses cheveux étaient brillants et lisses. Il eut envie de les toucher. Elle était royale, pareille à une princesse japonaise.

— Entre, l'invita-t-elle en bâillant.

— Je ne le retrouve pas.

— J'avais deviné. Tu es trempé. Tu as avalé quelque chose, aujourd'hui ?

Il secoua la tête, jeta un coup d'œil à la pendule. Quatre heures quarante et une du matin. Pas étonnant qu'il fît aussi sombre. Elle alla lui chercher une serviette de toilette.

— Je vais m'habiller, annonça-t-elle. Le café ouvre à cinq heures.

Elle l'entraîna dehors. L'air était froid, et le manteau gris imbibé d'eau. Ils entrèrent dans le petit café, où elle salua la serveuse. L'endroit grouillait déjà de gens qui rentraient chez eux après une nuit en boîte. Ça sentait les saucisses aux haricots, le graillon et la sueur. Les vitrines étaient opaques de buée. Ils se tassèrent dans un box déjà bondé, et Agnes commanda du thé et un petit déjeuner complet pour deux. Elle accrocha le manteau mouillé à une patère et passa son foulard à Justin qui s'en drapa les épaules et le cou, avide de chaleur.

— Inutile que je te demande comment tu vas, lui dit-elle, c'est évident.

Mains enroulées autour de sa tasse, il sirotait son thé, laissait la vapeur lui brûler les joues.

— Tu as parlé à qui, aujourd'hui ?

— À personne, juste à toi.

— As-tu appelé tes parents ? Le lycée ? As-tu raconté ce qui s'était passé à quelqu'un ?

Il secoua la tête. Les plats arrivèrent, il se mit à jouer avec ses haricots.

— Il vaudrait peut-être mieux que tu voies un docteur.

— Le destin essaye de me tuer, mon chien me manque, qu'est-ce qu'un médecin va pouvoir faire contre ça ? « Tu n'es pas malade, mon pote, tu es cinglé. » Soit ils m'enfermeront, soit ils me conseilleront de me ressaisir. De toute façon, personne ne croira à la vérité.

— Quelle est-elle précisément, cette vérité ?

Il ne répondit pas.

— Justin ? soupira Agnes en lui prenant la main. C'est horrible, d'accord. Je n'arrête pas de repenser à tout ce sang, aux hurlements des gens. Je ne supporte pas le moindre bruit un peu fort, je sursaute à chaque fois, morte de frousse. Les foules me terrifient. Mais *je ne me considère pas comme responsable*. Nous étions là-bas par hasard, comme un millier d'autres personnes.

— Ça, c'est ta vérité. La mienne est différente.

Il retira sa main, regretta aussitôt son geste.

— Au moins, poursuivit-il, tu étais avec moi. Tu as été témoin de ce qui s'est passé. Tu sais que je n'invente rien. L'avion s'est écrasé à l'endroit exact où je me tenais trois minutes auparavant. Je n'ai pas rêvé cela. N'est-ce pas ?

Son ton était suppliant.

— Non, en effet. J'ai seulement du mal à me dire que... (Elle s'interrompit.) Que c'est autre chose qu'une monstrueuse coïncidence.

Il l'observa avec intensité, cherchant désespérément à définir l'expérience d'une façon qui les incluraient tous les deux.

— Ce que tu te dis n'a peut-être aucune importance, suggéra-t-il.

— Enfin voyons ! s'exclama-t-elle, abattue. Tu ne te rends donc pas compte que si, justement ?

Elle héla la serveuse, régla l'addition, et ils repartirent à la maison dans l'aube grise. Agnes s'arrêta sur le seuil pour retirer ses chaussures. Le temps qu'elle entre dans l'appartement, il dormait roulé en boule sur son lit. Elle tira une couverture sur lui.

Quelques heures plus tard, il bougea. Ouvrant les yeux, il cilla, découvrit Agnes assise près de lui.

— Bonjour ! lança-t-elle en baissant les yeux, le visage empreint de tendresse.

Sa voix déclencha en lui une décharge de cent

mille volts, le réduisit à une seule dimension – le besoin.

— Tu te sens mieux ?

Incapable de réfléchir, il ne put s'en empêcher. Attirant la jeune fille vers lui, il l'embrassa, d'un baiser si naturel et d'une pureté si intense qu'elle en accepta la folie et le lui rendit.

La fin du monde n'est rien d'autre que cela...

Elle eut l'impression de se montrer généreuse, éprouva du soulagement, fut excitée par la violence du désir de Justin. Je l'aide, se mentit-elle.

Il ne déboutonna pas son corsage, se contenta de glisser ses mains contre la tiédeur de sa peau, appuyant sa bouche sur son menton et sa gorge, si bien que lorsqu'elle reprit ses esprits, se souvint qu'il s'agissait de lui, de Justin le cinglé qui dansait à la pointe d'une aiguille comme un ange insensé, il était trop tard. Celui qu'il était n'importait plus autant.

La fin du monde n'est rien d'autre que cela...

Une nouvelle déflagration se produisit, ce coup-ci à l'intérieur du cerveau de Justin. Ensuite, il se sentit apaisé, pour la première fois depuis la catastrophe aérienne. L'amour submergea son corps et envahit la chambre.

Il est très gentil, songea Agnes.

Au lieu de s'endormir, il la regarda encore et encore, comme si elle était tout ce qu'il exigeait jusqu'à la fin des temps.

C'était flatteur, en quelque sorte.

Puis il enfouit sa tête dans les bras d'Agnes et pleura, lui dit combien elle était stupéfiante, bonne, généreuse, sage. Il s'accrocha à elle comme si, dans la pièce, l'oxygène s'était raréfié, rogné par trop d'aspirations et d'effusions amoureuses. Elle ressentit le besoin de se lever, de s'enfuir, d'échapper à ses accablantes exigences et à la conscience d'avoir commis un acte qu'elle regrettait.

La fin du monde n'est rien d'autre que cela...

Seule la charité l'obligea à rester jusqu'à ce qu'il se fût assoupi de nouveau. Après quoi, elle rampa hors du lit, se doucha, lui écrivit un mot et, à la fois soulagée et coupable, s'en alla en refermant la porte derrière elle.

Pas une explosion mais une misérable plainte.

31

Agnes téléphona aux parents de Justin. Elle avait promis de ne pas leur révéler sa présence à l'aéroport, mais elle estimait qu'il avait besoin d'aide. Plus exactement, *elle* avait besoin d'aide. Elle espérait qu'ils viendraient le chercher ou, du moins, qu'ils proposeraient une solution à ce qui, d'après elle, n'était pas entièrement son problème.

Sa mère se borna cependant à remercier Agnes de l'héberger.

— C'est extrêmement gentil de l'accueillir. Nous ne savons vraiment pas quoi faire. Avant son départ au pays de Galles, il traînait à la maison comme un fantôme.

Stupéfaite, Agnes contempla le combiné.

— Son père et moi nous rassurons en pensant que cela passera en grandissant.

La jeune fille secoua la tête avec hébétude. Comment ça, cela passera en grandissant ? Il *est* cela.

— Je crois qu'il serait bien que vous lui rendiez visite.

— Oui.

— Demain.

Agnes raccrocha. Franchement, certaines personnes ne devraient pas être parents, songea-t-elle. Moi, par exemple.

La mère de Justin arriva avec Charlie au moment où Agnes sortait. Elles se croisèrent sur le seuil.

— Désolée, j'ai un rendez-vous. Justin dort. Il est encore rentré tard, il cherchait *son chien*.

La jeune fille jeta un regard dur à la femme qui jouait avec ses gants.

Il a perdu son chien ? pensa Charlie.

— Il faut que je me sauve, mais faites comme chez vous, soupira Agnes. Il y a du thé et du café dans la cuisine.

Tandis que sa mère hésitait, ne sachant où se mettre, Charlie s'approcha du divan où son aîné dormait. S'accrochant au rebord du meuble, il se pencha. Justin ouvrit les paupières et découvrit le visage de son frère à quelques centimètres du sien.

— *Charlie ?*

Que t'est-il arrivé ? demanda l'enfant.

Justin s'appuya sur un coude. Ses iris le brûlaient.

— J'avais raison, chuchota-t-il, conspirateur. Un avion a tenté d'atterrir sur moi. Personne ne me croit, mais *j'avais raison.* Et Gaillard a disparu. À mon avis, il est mort, ajouta-t-il d'une voix brisée par le chagrin.

Charlie observait les mains de Justin qui s'agitaient nerveusement, les doigts sanguinolents, ongles rongés à vif.

— David ?

Justin s'assit, et sa mère l'embrassa maladroitement.

— Comment c'était, en Galle, chéri ?

La gale ? Quelle gale ?

— Il a fait beau ? Les tentes étaient imperméables ? Et les paysages ? Ils étaient jolis, les paysages ? Et la nourriture ?

Il referma les yeux.

— Il y a eu un crash aérien affreux, pendant ton absence. Plus rien n'est sûr, de nos jours, soupira-t-elle en secouant la tête.

Il ne répondait pas, et elle acceptait son

silence, ayant perdu ses repères parentaux à un point tel qu'elle ne savait plus quel comportement elle était en droit d'attendre de lui.

— Il vaudrait peut-être mieux que tu rentres à la maison, chéri. Tu n'as pas bonne mine.

Quelle coïncidence ! songea-t-il.

Sa mère se détourna, le visage vieilli par l'inquiétude. Elle avait du mal à accepter que pareille attitude fût considérée comme tolérable dans le cadre des anxiétés adolescentes. Que pouvait-elle faire, cependant ? Difficile de lui ordonner de réintégrer le foyer familial. Son amie semblait plutôt gentille, mais était-il correct qu'un garçon de quinze ans vive avec une femme plus âgée ?

— Un petit déjeuner, ça te tente ?

Il acquiesça, et elle se précipita dans la cuisine, soulagée de remettre à plus tard cette conversation. Elle versa des céréales et du lait dans un bol tout en s'interrogeant sur le moment où les choses avaient commencé à s'effilocher. Elle avait sans doute manqué de vigilance à la naissance de Charlie. Et si c'était une façon d'exprimer sa jalousie ? Elle avait lu des livres qui évoquaient les rivalités au sein des fratries, même si elle avait espéré que David, à presque seize ans, y serait moins sensible.

Comment diable savoir ce qui était normal ? David était peut-être de ces garçons qui trouvaient l'adolescence inconfortable ; ce n'était peut-être qu'une phase – une étape ponctuée de délires, d'incohérences, de hantises, d'insomnies dont il émergerait calmé et maître de lui pour réussir son bac, décrocher un bon boulot, rencontrer une chouette fille, acheter une maison, élever des enfants, prendre sa retraite, avoir une crise cardiaque et se réjouir d'une belle affluence à son enterrement.

Elle plaça le bol de céréales près du canapé, prit les mains de son fils dans les siennes.

— Tu n'aimerais pas rentrer à la maison, David ?

Justin se leva et quitta la pièce.

D'un autre côté, pourquoi ne resterait-il pas ici ? Pour l'instant. Il a sans doute besoin d'un peu d'éloignement, d'un changement d'air. *Ou alors, il est amoureux d'Agnes.* Soudain, tout se mit en place : les excentricités, les sautes d'humeur, les nerfs à vif. Le premier amour, bien sûr ! Eh bien, ce n'était pas elle qui allait se comporter en mère abusive, de celles qui prêchaient moralité et abstinence à tout bout de champ Qu'il vive son amourette. Elle l'aiderait à recoller les morceaux quand ça se terminerait.

Charlie regarda sa mère, incapable de comprendre l'expression qui se dessinait sur ses traits. Il suivit son frère à travers l'appartement pour tenter de l'amener à parler, mais Justin l'ignora et finit par se boucler dans la salle de bains. Charlie s'adossa à la porte, vaincu.

Sa mère frappa doucement. Ne recevant aucune réponse, elle dit au revoir, lui rappela de manger puis, en chantonnant, installa Charlie dans sa poussette et s'en alla.

32

Justin resta chez Agnes.

Ce fut moins un emménagement qu'un non-déménagement, absolument pas ce que la jeune femme avait espéré en tout cas. Mais il n'avait que quinze ans. Il était mal. Elle se sentait coupable.

Justin ne remit pas en question son bannissement du lit d'Agnes, se bornant à passer l'essentiel de son temps à la contempler, assis sur le canapé, épaules voûtées, avec un regard de chien battu éperdu d'amour.

Non contente d'avoir dû subir ses insomnies et ses vaticinations nocturnes, Agnes fut désormais obligée de vérifier qu'il n'était pas comateux. Il dormait presque constamment, se désintéressait des repas même si, tel un enfant, il s'appliquait à manger la nourriture qu'elle posait devant lui. N'étant pas méchante (se répétait-elle), elle n'avait pas l'intention de le mettre à la porte. Ce fut donc avec une énorme résignation qu'elle partit ces matins-là pour son bureau en abandonnant derrière elle un Justin profondément endormi sur le divan.

Au bout de deux ou trois jours, elle rentra pour le découvrir devant la télé, suivant d'un air renfrogné une émission de cuisine. Cela lui donna une idée.

— Écoute, Justin, j'ai tant de boulot que je n'ai rien avalé de sain depuis des semaines. Avec un peu d'argent et un livre de recettes, tu arriverais à te débrouiller ?

Il eut l'air sous le choc. *Moi ?* Elle est folle ou quoi ? Je suis capable de paniquer à l'idée de devoir sortir de l'appartement. Ou de cuisiner. Pourquoi ne me demande-t-elle pas autre chose ? Quelque chose que je saurais faire. Genre, tu ne voudrais pas coucher avec moi ?

Puis il comprit qu'il pouvait lui rendre ce service, histoire de lui faciliter la vie, histoire aussi de la remercier pour sa bonté. Histoire de regagner son amour. Certes, cela exigerait qu'il s'habille, qu'il sorte, qu'il accomplisse des choix, qu'il vérifie sa monnaie, qu'il suive des indications précises. Il lui devait bien cela, cependant. Ce serait un début.

Il répondit qu'il allait essayer.

Le lendemain, un samedi, avant de s'en aller, elle déposa quelques billets sur la table de la cuisine et un exemplaire de *Recettes du monde.*

Justin parvint à sortir jusque chez le boucher, au coin de la rue. C'était une vieille affaire familiale, une des rares de la ville à avoir survécu. Un lièvre à moitié écorché était suspendu tête en bas dans la vitrine. Justin croisa son regard mort et recula, horrifié.

Puis il entendit l'abominable chuchotement qui, cette fois, vocalisait sur un petit ton aigu de lapin. Lorsqu'il eut le courage de contempler de nouveau la façade de la boucherie, il s'aperçut que c'était le cadavre qui chantait, sa bouche morte s'ouvrant et se fermant sur les mots :

Cours lapin, cours lapin, cours, cours, cours[1].

Où était son lévrier, maintenant qu'il avait besoin de lui ? Il s'efforça d'ignorer son atroce

1. Refrain d'une chanson des années 1940 qui raconte comment, tous les vendredis, quelqu'un incite le lapin à se sauver s'il tient à éviter le fusil du fermier, lequel mange une tourte au lièvre ce jour de la semaine.

délire imaginaire, espérant ainsi qu'il cesserait – malheureusement, le lièvre continua à fredonner.

Cours lapin, cours lapin, cours, cours, cours.

Justin s'obligea à gagner le comptoir où le boucher bavardait tranquillement avec une femme accompagnée de sa fille, une gamine menue mais robuste, aux épais cheveux bruns et aux yeux clairs et déterminés. Tous trois paraissaient étrangement inconscients du lièvre chantant. Pourtant, lorsque l'adolescent s'approcha, ils se tournèrent vers lui.

Il offrait un drôle de spectacle. Les yeux ruisselant de larmes, hurlant pour couvrir les paroles du lapin, il demanda de l'aide, montra un poulet, tendit de l'argent, s'empara de son paquet et déguerpit, affolé.

Les garçons ! songea le boucher.

Les ravages de la drogue, pensa la femme.

Justin Case, se dit Dorothea. Ainsi, nous nous rencontrons de nouveau.

La voix terrifiante du lapin le poursuivait.

Pan ! Pan ! Pan ! rugit le fusil du fermier.

Alors, Cours lapin, Cours, lapin, cours, cours, COURS !

Justin galopait, tremblant de frayeur. Il était incapable de regarder le poulet, dont la chair flasque et jaune lui rappelait trop la sienne. Le volatile avait l'air minable, ainsi nu et mort. Il ne put se résoudre à le toucher, fondit en larmes à l'idée de la vulnérabilité des volailles, à la façon dont on les utilisait, à leur existence brève et tragique.

Son frère lui manquait. Et son chien. Et son ancienne personnalité.

Quand Agnes réintégra l'appartement, elle le trouva roulé en position fœtale, endormi. Le poulet, toujours enveloppé dans son papier, perdait son sang sur la plaque de sa cuisinière.

Eh bien, soupira-t-elle, ce n'est pas ce que j'appellerais une expérience très réussie.

Elle nettoya le chantier, frotta la volaille avec du sel et de l'huile, la fourra de citron et la mit dans le four chaud, de même que quelques vieilles patates et des haricots récupérés au fond du réfrigérateur.

Une heure plus tard, l'odeur réveilla Justin. Pendant un court instant ravi, il crut qu'il avait réussi à préparer le repas lui-même. Agnes allait être impressionnée, reconnaissante ; elle le réinviterait à quitter le divan et à rejoindre son lit. La vérité le déçut sans pour autant le surprendre.

Ce soir-là, ils dînèrent ensemble.

Il ne mentionna pas le lièvre chantant, se contenta de rester assis et d'écouter la jeune femme lui parler de sa journée, de ses photos, de son projet d'exposition. Peu à peu, il cessa de s'intéresser aux mots, préférant se concentrer sur les cadences envoûtantes de son récit. Le son de sa voix l'apaisait, et il s'en enveloppa comme d'une toison.

Je nourrirai Agnes, se promit-il. En échange, elle me reprendra.

C'est ainsi qu'il se mit à canaliser le moindre atome de ses peurs, de ses angoisses, de son énergie, de sa nervosité et de son amour – surtout de son amour d'ailleurs – dans des plats.

Le matin suivant, il dénicha une recette de boulettes de viande, ramassa l'argent qui restait de la veille et s'aventura à l'extérieur. La clarté du jour lui blessa les yeux, mais la caresse du monde sur sa peau lui sembla fraîche et agréable. Il s'approcha prudemment de la vitrine du boucher. Le lièvre avait disparu. Il l'avait peut-être imaginé.

Il entra, demanda cinq cents grammes de bœuf haché, paya, prit son paquet et sa monnaie, s'en alla. En repassant devant la vitrine, il éprouva une bouffée triomphale. Il risqua un coup d'œil en coin. Toujours pas de lapin. Excellent.

Justin concocta ses boulettes de viande à la façon dont un autre aurait traqué le sens de la vie, confectionnant des sphères si élaborées et irréprochables que ses yeux se remplirent de larmes à la pensée de la chair de la noble vache, à celle de la perfection des formes tridimensionnelles créées par la nature et à celle de l'implacable universalité du dîner.

Il tenta d'expliquer cela à Agnes, qui rit, avant de s'arrêter net devant l'expression de Justin. Ce dernier se détourna afin de lui dissimuler ses pleurs.

Bon sang ! pensa-t-elle. Il n'est pas tiré d'affaire. Pas encore.

Elle avait espéré que préparer à manger le sortirait de lui-même, le ramènerait dans le monde réel. Ça n'avait pas fonctionné. Dans la cuisine, il était un apprenti sorcier – incapable de s'arrêter. Le rythme régulier des recettes calmait ses nerfs à vif, n'exigeait de lui ni jugements de valeur ni approximations. Il n'aimait pas les pincées et les poignées, avait faim de mesures exactes et d'œufs de taille moyenne (pas les petits, pas les gros). Choisir les ingrédients et les travailler en fonction de leur quintessence l'apaisait. Le toucher des matériaux crus et leur crépitement dans la poêle le réconfortaient.

Plus que tout, nourrir Agnes le réconfortait.

— C'est délicieux, Justin, dit-elle en reprenant des boulettes. Tu as ça dans le sang.

Oui, il avait ça dans le sang. La folie dans le sang. Pourtant, il appréciait de se consacrer à des tâches simples, se délectait des compliments d'Agnes, adorait le plaisir qu'elle avait à manger autre chose que des sandwichs. Il avait alors le sentiment de se rapprocher de celui dont il avait perdu la trace, celui qu'il avait été si peu de temps auparavant, avant que la catastrophe ne ligote son esprit.

Il se sentait aussi plus près, ne serait-ce que d'un cheveu, des désirs de son cœur.

33

Justin mit au point un repas spécial pour célébrer ses deux semaines de cohabitation avec Agnes. Il réglait le feu sous les côtelettes d'agneau quand on frappa à la porte.

Enveloppé dans un épais manteau, Peter Prince avait l'air plus empoté et sûr de lui que jamais, telle la relique d'une vie que Justin avait presque oubliée. Près de lui se tenait sa sœur.

— Tu te souviens de Dorothea ? demanda Peter.

— Bonjour, lança-t-elle en remarquant les cernes noirs sous les yeux de l'adolescent.

Le visage avait beau être familier, Justin ne se

rappelait pas l'avoir déjà rencontrée. Un silence gêné s'installa. Justin aurait voulu qu'ils s'en aillent. Il ferma les paupières mais, lorsqu'il les rouvrit, le frère et la sœur n'avaient pas bronché. Peter lui adressa un sourire timide.

— Ta mère nous a dit que tu vivais ici, maintenant.

— Oui.

— Ça sent bon.

— Agneau.

Durant cet échange, Dorothea avait regardé Justin sans piper. Lequel, après s'être souvent émerveillé de la capacité de Peter à observer de longs silences inconfortables, se demanda si ce don était génétique. Vaincu, il finit par soupirer.

— Vous voulez entrer ?

— Super, merci, décréta Peter, tout joyeux à présent.

Et il entra avant que son ami ne puisse se raviser. Une fois à l'intérieur, il inspecta soigneusement le petit appartement. Il remarqua la couette froissée sur le canapé, la vaisselle du petit déjeuner qui traînait encore, l'évier plein d'eau et de tasses.

— Tu ne viens plus au lycée, reprit-il.

Justin acquiesça.

— Ni au cross. L'entraîneur a demandé ce qui t'était arrivé.

— Ah bon ? Il est inquiet ?

— Ce n'est pas le mot que j'emploierais. Énervé, plutôt. Je crois que ton agneau brûle.

Justin se rua vers la cuisinière, attrapa la poêle et la jeta sur la table. Il s'était brûlé la paume sur la poignée et coupa le gaz de sa main valide tout en plongeant l'autre dans l'évier rempli d'eau froide et sale. Des tourbillons de fumée continuaient à s'échapper de la poêle à frire. Justin contemplait la viande carbonisée quand l'alarme anti-feu se déclencha.

S'emparant d'un torchon, Peter l'agita prestement sous le capteur, cependant qu'une Dorothea très maîtresse d'elle-même allait ouvrir la fenêtre. Le vacarme finit par s'arrêter, et la fumée se dissipa.

— Je suis tombé sur une photo de la catastrophe qui s'est produite à l'aéroport, révéla Peter dans le silence théâtral qui succéda aux piaillements de l'alarme. Et... il me semble t'avoir reconnu, ajouta-t-il après une légère hésitation.

Justin le dévisagea.

— Mon vieux, on peut dire que tu es un sacré veinard.

— *Un veinard ?*

Justin avait répété le mot avec une diction exagérée, dents serrées, le corps figé par l'incrédulité. Ôtant sa main de l'évier, Dorothea l'examina.

De nouveau, Peter hésita.

— Ben... oui. Tu as eu de la chance, quoi. De mon point de vue, tu es sûrement le gars le plus chanceux de la terre.

— Es-tu *complètement marteau* ? explosa alors Justin. J'ai failli être réduit en bouillie dans ce fichu accident. Un avion a manqué d'atterrir sur mes genoux. C'est la première fois que pareil drame se produit à l'aéroport de Luton, et il a *fallu* que je me trouve à quelques *centimètres* de son *épicentre*. Si je suis ici aujourd'hui, ce n'est que grâce à l'arrivée fortuite d'Agnes cinq minutes avant l'apocalypse. Elle m'a épargné de passer le reste de mon existence sous la forme d'une cuillerée de *vapeur*.

— Oui, admit Peter en hochant la tête avec sympathie, j'imagine que oui. N'empêche...

— N'empêche que *quoi* ?

— N'empêche que... tu es vivant. Elle est arrivée, et tu n'as pas été atomisé. Par ailleurs, c'est toi qui avais choisi de vivre dans un aéroport, l'endroit à mon avis le plus dangereux qui soit. Un aéroport ! Réfléchis cinq minutes. Un carrefour, le genre de lieu qui attire toutes sortes de crapules : trafiquants de drogue, d'armes et d'esclaves, pickpockets, criminels d'envergure internationale, contrebandiers et fraudeurs, espions, dictateurs déchus...

Tandis que Peter comptabilisait les horreurs potentielles sur les doigts de sa main gauche, Justin se pétrifia sur place, quoiqu'il serait plus juste de dire que, autour de lui, le temps s'arrêta. Il fit l'expérience d'une sorte de vertige philosophique, ses pensées tournoyant follement dans sa tête à mesure que les paroles de Peter Prince parvenaient à son cerveau.

Un sacré veinard.

Son frère n'était pas tombé par la fenêtre. Lui-même avait survécu à une déflagration d'envergure majeure qui aurait pourtant dû le tuer. Et si la fortune lui souriait, finalement ?

Il n'avait pas franchement cette impression, mais il était en vie. Grâce à la chance, et à Agnes. Sans elle, il n'avait plus rien. Sans elle, il risquait de ne plus exister, tout simplement.

Dorothea enveloppa sa main d'un torchon propre.

— Tu survivras, déclara-t-elle.

Il la toisa.

— Où est Gaillard ? s'enquit Peter après avoir jeté un coup d'œil autour de lui.

— Je n'en sais rien. Je ne l'ai pas vu depuis la catastrophe aérienne.

Peter parut sincèrement secoué.

— Pas étonnant que tu ailles mal, commenta-t-il.

Soudain, Justin se rappela pourquoi il aimait Peter, fut heureux de sa présence.

Une clé bruissa dans la serrure. Agnes entra,

de mauvaise humeur, secouant son parapluie et tapant des pieds.

— Il fait un temps épouvantable, grommela-t-elle. Quelque chose brûle ? Oh, bonjour, ajouta-t-elle en remarquant Peter. Tu es le gars de l'équipe de cross.

— Peter, se présenta ce dernier avec un sourire timide. Ravi de te rencontrer. Voici ma sœur, Dorothea. Désolé, mais c'est ton dîner qui a cramé. Tu es stupéfiante.

En effet. Sous son imperméable, elle arborait une minuscule jupette imprimée, des collants vert pâle et un étroit col roulé également vert par-dessus lequel elle avait enfilé un corset. S'asseyant, elle retira ses bottes et un grand chapeau de pompier en plastique vert qu'elle secoua violemment avant de le jeter sur le dossier du divan. Elle était secrètement ravie que Peter et sa sœur soient venus, car elle échappait ainsi à une autre soirée tendue dans la seule compagnie de Justin.

— Je pourrais faire des toasts grillés au fromage, proposa Peter. C'est ma faute si Justin a laissé brûler la viande.

Dorothea observait Agnes. Elle occupe beaucoup de place, songea-t-elle. Un peu comme un perroquet aux couleurs trop vives. Et elle n'attend qu'une chose, qu'il décampe. Sûr et certain.

Les deux visiteurs restèrent dîner. Agnes repêcha une pizza dans le congélateur et parvint à confectionner une salade avec ce qu'elle dénicha dans le réfrigérateur. Elle se servit un verre de vin, ils mangèrent et parlèrent d'un film récent qu'aucun d'entre eux n'avait vu, du dernier groupe à la mode en provenance de Norvège et des espèces d'oiseaux menacées.

Quand ils furent partis, Justin termina les fonds de bouteille, tenta d'embrasser Agnes, se contenta de sa joue en se méprisant intensément et se recroquevilla sur son canapé-lit comme un mufle.

Sur le chemin qui la ramenait chez elle, Dorothea pensa aux aimants qui se repoussaient avec autant d'aisance et de naturel qu'ils s'attiraient.

34

Cette nuit-là, Justin ne dormit pas. Allongé, il réfléchit à la chance.

Lorsque Agnes rentra le lendemain soir, il s'était douché et habillé. Il avait même tenté de se couper les cheveux, sans résultat probant certes. Il était parvenu à ranger et à nettoyer l'appartement, à ouvrir les fenêtres pour l'aérer, avait fourré ses draps dans la machine à laver, avait plié et flanqué ses affaires dans l'armoire d'Agnes, avait mis le couvert et avait sorti deux verres à vin. Il avait également préparé un filet de porc au poivre qui embaumait.

Au lieu de se réjouir, Agnes le regarda avec une attention inquiète.

— Comment vas-tu, Justin ? s'enquit-elle.

— Bien mieux, merci, répondit-il prudemment.

Elle patienta.

— Agnes ?

— Oui ?

— À propos d'hier, quand Peter et Dorothea sont passés.

— Oui ?

— Avant ton arrivée, nous avons discuté. C'est comme ça que le dîner a brûlé. Peter a dit que je leur manquais, dans l'équipe de cross.

Agnes se fendit d'un sourire forcé. Justin aspira un bon coup et ferma les yeux.

— Il a dit que j'étais le gars le plus chanceux de la Terre.

La jeune femme éclata de rire. C'était tellement inattendu.

— Que lui as-tu répondu ? demanda-t-elle en s'emparant de son appareil photo.

— Pose ça ! s'écria-t-il, furieux, en tentant de lui arracher l'objet. Je lui ai balancé que j'étais en effet le plus grand veinard du monde. Mais grâce à toi, c'est tout.

Il s'interrompit.

— Je t'aime, Agnes.

— Merci, Justin. Moi aussi, je t'aime.

— Vraiment ?

Un sourire éclatant lui fendit le visage. S'armant d'un couteau, il entreprit de découper de grosses tranches de viande.

— Un instant, Justin. De quoi parlons-nous exactement ?

— D'amour. Je t'aime. Je suis fou de toi. Ce qui n'a rien d'étonnant, puisque je suis dingue. Mais tu m'as sauvé la vie. Sans toi, je serais mort. Et puis, tu es si gentille envers moi. Et tu m'aimes aussi. Si ce n'est pas de la chance, ça, hein ? Stupéfiant ! J'ai une chance ahurissante. Je ne peux pas vivre sans toi. Tu es mon porte-bonheur.

Agnes eut soudain envie de tuer l'ami bien intentionné de Justin.

— Je ne suis pas ton porte-bonheur, Justin...

— Tiens, la coupa-t-il, sers-toi en porc. Oh, si, tu l'es. Tu es mon trèfle à quatre feuilles. Ma patte de lapin. Mon amulette. Sans toi, je suis à la merci des forces de la malédiction...

— Je ne suis *pas* ton porte-bonheur ! *Tu m'as comprise, Justin ?*

Se figeant, il la contempla avec intensité.

— Mais je t'aime, Agnes. J'ai besoin de toi. Je suis perdu, sans toi.

— C'est faux, et tu le sais.

— Tu ne comprends donc rien ? (Il criait presque, à présent, brandissant son couteau avec de grands gestes dangereux.) Sans toi, j'aurais été tué. *Et si ça se reproduisait ?*

— Tâche de ne pas y penser. Ça ne recommencera pas.

— Qu'en sais-tu, hein ?

— Je... c'est un très fort pressentiment.

— *Ça ne suffit pas !*

Il s'était mis à brailler, alors qu'il avait conscience que ça ne servait à rien. Il respira profondément, déposa une tranche de viande tailladée sur l'assiette d'Agnes, y versa de la sauce d'une main qui tremblait.

— Je sais que tu me crois cinglé, continua-t-il. Mais tu dois admettre que je devine certaines choses avec plus d'acuité que toi. Des événements affreux qui se déroulent à tout instant de la journée. Ils sont tapis, à l'affût, et si tu tentes de les éviter en prenant une autre direction, ils sautent aussitôt devant toi. À moins d'être chanceux. C'est tout le problème, car *je ne le suis pas*, chanceux. Du moins, pas tout seul. Avec toi, c'est différent. Tu m'aimes, tu viens de le dire. Et tu m'as sauvé la vie. J'ignore comment, mais tu l'as fait. Et aussi, tu es tellement...

Il hésita, se tut.

Agnes se sentait épuisée. Tout en regrettant de ne pas être ailleurs, elle tendit la main, s'empara de celle de l'adolescent.

— S'il te plaît, Justin, écoute-moi. Je refuse

d'être ton porte-bonheur. Je refuse d'être une espèce de garde du corps métaphysique. Si je t'ai sauvé, ce n'était qu'une coïncidence, une chose qui ne se reproduira pas. Je ne peux pas la transformer en tour de magie, et *je ne veux absolument pas* devoir te protéger. Ma vie est déjà assez compliquée, même si je suis heureuse de t'aider parce que tu es mon ami, et parce que je tiens à toi, sauf que c'est devenu drôlement difficile de le faire ces derniers temps. Je t'aime, oui, à ma manière, car tu es intéressant, charmant...

Justin grimaça.

— ... mais je m'inquiète aussi pour ton état mental. Et, pour être honnête, je pense que coucher ensemble n'a pas été une bonne idée, bien que ç'ait été super par bien des côtés, parce que je ne suis pas éprise de toi, désolée si je te fais du mal, surtout après ce par quoi tu es passé récemment, je suis pourtant obligée de te le dire, parce que c'est la vérité.

Elle le contempla, lui adressa un pauvre sourire.

— Ne sois pas aussi triste, Justin, ce n'est pas la fin du monde.

— Pas encore, maugréa-t-il en détournant les yeux.

Un silence tendu s'installa. Ce fut lui qui le rompit.

— Soyons parfaitement clairs. Tu affirmes ne pas être amoureuse de moi ?

— Oui.

— Tu t'es simplement dit que ce serait sympa de prendre quelques photos, histoire de devenir célèbre, puis après tu me jettes ?

— Tu sais que non, se défendit-elle, furibonde.

— Ah bon ? Tu ne pourrais pas essayer de m'aimer, juste un peu ? ajouta-t-il d'une voix suppliante. Je ne serais pas aussi fou si j'avais l'assurance que tu m'aimes.

— Parce que tu peux en décider ?

— Ce n'est pas ce que j'ai voulu dire.

— J'avais compris. Regarde-toi, Justin. Tu sautilles comme une balle de ping-pong. Je ne suis pas en état de te sauver. Mes journées ne sont pas assez longues pour ça. Tu t'en sortiras, j'en suis certaine. Tu as seulement besoin de temps. De beaucoup de temps. De tranquillité et de repos. Sans rien pour te perturber. Tu devrais quand même consulter un médecin.

— Non.

— Un psy ?

— *Non.*

— Et si tu rentrais chez toi ?

Il lui tourna le dos.

— Ou alors... tu n'as pas d'autre endroit ?

— Tu ne veux plus de moi, constata-t-il d'une voix plate.

Agnes soupira. Elle avait, autrefois, apprécié l'idée de l'aider. Simplement, elle n'avait pas pris la mesure de l'envergure des secours que pouvait nécessiter un être humain.

Ils dînèrent en silence. Le porc était exquis.

— Et Peter et Dorothea ? demanda-t-elle à la fin du repas, alors qu'elle mettait la bouilloire à chauffer.

— Quoi ?

— Ils te prendraient peut-être chez eux ?

Anéanti, Justin hocha la tête.

35

Ils n'échangèrent aucun mot d'adieu quand Agnes le laissa devant chez Peter.

La jeune femme sonna à la porte, salua Peter, dit au revoir à Justin sans le toucher ni le regarder puis s'en alla. Justin fut soulagé que seul son ami eût assisté à ce rejet ignominieux.

Peter lui fit visiter la maison en vitesse en expliquant que sa mère était en général la première partie, le matin, suivie par les filles, dont Justin ferait la connaissance plus tard. Entre-temps, qu'il n'hésite pas à se servir dans la cuisine. Peter monta ensuite les sacs de l'adolescent dans la chambre qu'ils partageraient et fila au lycée.

À la différence du reste de la maison, qui était bondé de livres, de tableaux et d'un véritable bric-à-brac de meubles, la chambre de Peter était immaculée et remarquablement vide. Elle contenait deux lits simples, une vaste bibliothèque pleine à craquer mais rangée, une carte de la Voie lactée qui occupait un mur entier, une table des éléments en couleur, un impressionnant télescope à réfraction et une grande affiche punaisée à la porte qui disait : *Nourrir Alice.*

Justin se demanda qui était Alice.

Lentement, il déballa ses affaires avant de descendre avec circonspection à la cuisine, où il se prépara quatre toasts de Marmite[1]. Il les mangea sans se presser et regagna la chambre de Peter. Allongé sur un lit, il essaya de lire quelques-uns des livres de son ami, dont la majorité traitaient des aspects les plus pointus de la cosmologie. Il examina la lunette astronomique, curieux d'apprendre si elle pouvait permettre d'espionner d'éventuels voisins suspects. Il finit par renoncer et s'endormit. C'était la fin de l'après-midi quand une toux le réveilla. Encore à demi assoupi, il s'assit.

La plus jeune des sœurs de Peter (six ans, évalua-t-il) se tenait sur le seuil. Malgré ses yeux

1. Pâte à tartiner salée, de couleur brune, composée de légumes fermentés et d'extraits de levure. Une institution en Grande-Bretagne. On adore ou on déteste !

d'un bleu perçant et ses joues roses rebondies, sa ressemblance avec son frère était frappante. Elle agrippait l'extrémité d'une longue et fine laisse en plastique.

— Bonjour, lança-t-elle. Je m'appelle Anna. Peter dit que tu vas vivre ici un moment.

Justin acquiesça. Elle parut réfléchir un moment.

— Tu n'as pas de famille ? s'enquit-elle ensuite.

— Si, soupira le garçon. Sauf que nous ne nous entendons pas très bien.

Il pensa à Charlie, éprouva un pincement au cœur.

— Des fois, je me dispute avec ma sœur, avoua Anna en désignant Dorothea qui venait d'entrer dans la pièce. On peut être horribles l'une avec l'autre, ajouta-t-elle d'une voix qui n'était plus qu'un murmure.

Dorothea ignora sa cadette.

— Re-bonjour ! pépia-t-elle.

— Bonjour, répondit Justin en observant les deux filles. J'ai un frère, leur avoua-t-il.

— Quel genre de frère ? répliqua aussitôt Dorothea avec curiosité.

— Du genre plutôt petit.

— Les petits sont parfois exaspérants, commenta la fillette. Il ne te manque pas ?

Soudain, Justin comprit que si.

— C'est un enfant particulier, précisa-t-il. Plutôt spécial, même.

— Dans quel sens ?

— Il a l'air de *savoir* certaines choses, expliqua l'adolescent après quelques secondes de réflexion.

— Un enfant précoce, décréta Dorothea en jetant un coup d'œil à Anna. Épuisant.

Justin contempla le plancher.

— J'avais aussi une copine.

— C'est fini ?

— Elle me déteste, maintenant.

Les deux filles le dévisagèrent avec un intérêt accru. Puis Dorothea sembla se souvenir de quelque chose.

— Peter nous a recommandé de te demander des nouvelles de ton chien.

— Je ne l'ai toujours pas retrouvé. De toute façon, il était irréel.

Dorothea médita cette information.

— De quelle race, ce chien irréel ? voulut-elle savoir.

— Un lévrier.

— Hum. Délicat. Il a peut-être eu des ennuis avec les chats.

— Et Alice, renchérit Anna, brusquement anxieuse.

Le garçon garda le silence.

— Nous sommes contentes que tu sois là,

reprit l'aînée. Maman travaille trop, et nous voilà comme des orphelines. Nous n'allons pas cracher sur un peu de compagnie. Tu feras la cuisine ?

Justin hocha la tête.

— Super. Dans ce cas, tu peux rester aussi longtemps que tu le voudras. À condition d'être gentil avec Alice.

L'adolescent pesa le pour et le contre. C'était peut-être une ruse. Si ça se trouve, il était impossible d'être gentil avec Alice.

— Entendu, finit-il cependant par déclarer.

Les petits visages se détendirent, visiblement soulagés, à croire que la question avait angoissé les gamines. Dorothea tendit la main afin de sceller leurs nouvelles relations. Il la serra.

— Ta brûlure commence à guérir, diagnostiqua-t-elle en examinant sa paume. C'est bon, fais entrer Alice, maintenant, ajouta-t-elle à l'intention de sa sœur.

Anna tira doucement sur la laisse, et un lapin blanc duveteux à l'air endormi et de la taille d'un petit puma sautilla dans la chambre.

— Je te présente Alice, annonça Dorothea à Justin. Tu t'en occuperas, précisa-t-elle avec un calme olympien. Ce qu'il te faut, pour l'instant, c'est un lapin. Alice, voici Justin.

Ce dernier s'agenouilla par terre et émit un claquement de langue. L'animal posa un regard vide sur lui.

— Il faut le caresser comme ça, lui conseilla Dorothea en faisant courir une main ferme de la base des oreilles au milieu du dos. Sinon, il devient irritable.

Alice s'étira sur toute sa longueur et roula sur le flanc avec un petit soupir de plaisir.

— Il est plutôt docile, reprit la fillette en contemplant Justin. Enfin, autant que peut l'être un animal de compagnie. Mais sois prudent quand même. Les lapins réservent parfois des surprises.

L'adolescent la dévisagea, étonné. Des surprises ? Quelles surprises ? Genre chanter dans la vitrine du boucher ? Il secoua la tête pour se débarrasser de cette image.

— Pourquoi s'appelle-t-il Alice si c'est un garçon ? s'enquit-il.

— C'est comme ça, riposta Dorothea en consultant sa montre digitale à grands chiffres. Nous devons y aller, maintenant, c'est l'heure de nourrir les chats. Tu trouveras les aliments pour lapin dans la remise derrière la cuisine. Au revoir, Justin Case, ajouta-t-elle avec une gravité formelle. Et bonne chance avec Alice.

Sur ce, elles l'abandonnèrent avec l'animal.

Justin et Alice se toisèrent. Le lapin bougea les oreilles. Le garçon plongea les yeux dans ceux de son compagnon, grandes flaques placides, et se demanda ce à quoi il pouvait bien songer. Alice le regardait avec douceur. Ni l'un ni l'autre ne cillaient.

Une heure plus tard, quand il rentra du lycée, Peter les découvrit dans cette posture.

36

Le premier soir régna une espèce de malaise. En dépit de l'accueil chaleureux que lui avait fait les sœurs de Peter, Justin avait l'impression d'être un fauteuil cassé qu'on se repassait de maison en maison, jusqu'au jour où, finalement, on le jetterait aux ordures. Il n'avait pas très envie de discuter.

— J'espère que ça ne t'embête pas trop de vivre ici, lança Peter après avoir éteint la lumière. Je sais que tu aurais préféré autre chose.

Pendant un moment, Justin fixa le plafond sans répondre.

— Pourquoi avez-vous un lapin mâle appelé Alice ? dit-il enfin.

— C'est Dorothea qui a choisi son nom. Je crois que l'idée du sexe ne l'a pas effleurée.

— J'ai eu une mauvaise expérience avec un lapin, soupira Justin.

— Ah bon ?

Justin s'abstint de donner des détails et, pendant quelque temps, les deux garçons se turent, plongés dans leurs pensées. Peter méditait sur la forme et le comportement de l'univers. Justin regrettait d'avoir tout gâché avec Agnes. Dire que la seule personne sur Terre qui faisait écran entre lui et une catastrophe à venir l'avait complètement rejeté. Il n'était qu'un imbécile et un rustre, enclin aux hallucinations par-dessus le marché. Il ne valait rien au lit. À cette heure, elle était sans doute avec des amis plus âgés et plus sophistiqués, occupée à railler ses piètres performances. Coucher avec une personne qui vous méprisait était minable. Il pensa aussi à Charlie. Ce dernier lui manquait. La réciproque était-elle vraie ?

Il finit par sombrer dans l'inconscience.

Le lendemain matin, Justin resta couché tandis que la maison s'agitait de toutes parts. La mère et les sœurs de Peter étaient bruyantes et désorganisées, cependant que son ami était discret, comme à l'écart. Justin l'entendit s'activer dans la cuisine, puis il s'en alla lui aussi.

Le silence de la maison vide était sûr et rassurant ; pas de relations compliquées à négocier, pas de pièges sexuels, pas de trappes émotionnelles. Il avait été transplanté dans une famille, certes, mais ce n'était pas la sienne.

Pour seule compagnie, il n'avait qu'Alice. Dix minutes après le départ de tout le monde, Justin perçut ses bonds lourdauds dans l'escalier puis dans le couloir. Il ouvrit la porte de la chambre – l'animal leva la tête vers lui, dans l'expectative.

— Bonjour, Alice, dit Justin en s'écartant pour le laisser entrer.

Le lapin sautilla dans la pièce et se glissa sous le lit de Justin, tel un danseur de limbo. Alice n'était pas Gaillard, mais Justin aimait sa présence énorme, encombrante.

Il se recoucha, ne se leva qu'une fois, afin d'appeler ses parents. Ils exigèrent des numéros de téléphone, des adresses et la promesse qu'il allait bien, puis se résignèrent à accepter son projet de s'installer un moment chez Peter et à informer le lycée qu'il rattraperait son retard pendant les vacances. Juste avant de raccrocher, Justin perçut un cliquetis sur la ligne, et la soudaine qualité du silence le fit hésiter.

— Charlie ?

La respiration de l'enfant était lourde d'excitation.

— Salut, Charlie.

La joie de Justin laissa brusquement place à la culpabilité. Comment expliquer à son frère les raisons de son absence ? *Je suis incapable de vivre avec toi, en ce moment, Charlie, mais ce n'est pas ta faute, c'est celle de tous les événements désastreux qui risquent de m'arriver.* Ou alors : *Ne le prends pas personnellement, Charlie, c'est seulement que je perds la boule la moitié du temps et que je ne ressens rien du tout le reste du temps.*

— Je suis désolé, Charlie. Tu me manques.

Ses yeux se remplirent de larmes.

Ne t'inquiète pas, répondit Charlie. Tu me manques aussi. Reviens quand tu seras en état.

Justin entendit l'haleine du bébé amplifiée par le combiné, qu'il tenait trop près de sa bouche. Il sourit.

— Allez, salut, dit-il.

Ni l'un ni l'autre ne bougèrent.

— Raccroche, maintenant, Charlie.

Il attendit que la communication soit coupée, replaça doucement l'appareil en place et regagna son lit. Il ne pouvait pas penser à son petit frère, pas pour l'instant. Cela lui donnait envie de pleurer. Enfouissant sa tête dans l'oreiller, il dormit jusqu'au matin suivant.

Les premiers jours, les filles restèrent sur leurs gardes, respectant son intimité, chuchotant de manière à peine audible de l'autre côté de la porte puis s'en allant, déçues. Mais peu à peu, à mesure qu'il s'installait dans leurs existences, elles se firent curieuses et impérieuses comme des rouges-gorges.

À présent, elles surgissaient avec fracas dans la chambre, exubérantes, porteuses de l'air froid qui imprégnait leurs vêtements, ramenant du monde des contes à dormir debout. Elles entrebâillaient le battant s'il ne répondait pas à leurs sollicitations, se faufilaient à l'intérieur, se cachaient sous le lit de Peter ou dans son armoire, bavardant en chuchotis emphatiques jusqu'à ce qu'Alice et Justin daignent émerger de leur somnolence partagée, tentés par l'odeur persistante d'une autre existence. Alice conservait son apparence calme et digne, cependant que le visage de Justin perdait un peu de sa pâleur à l'arrivée des filles.

Dorothea lui donna des taches d'encre et des photos à analyser. Elle écouta avec attention ses réponses, prit soigneusement des notes.

— Que vois-tu dans celle-là ? lui demanda-t-elle en lui montrant le cliché en noir et blanc d'un homme d'aspect sympathique coiffé d'un feutre à l'ancienne.

— Il s'agit de la photo accompagnant sa

notice nécrologique, expliqua Justin. Il est mort dans un horrible accident de voiture, et sa femme a envoyé ce portrait au journal.

— Drôle de réponse, commenta la fillette, sourcils froncés, des rides d'inquiétude au front. Tu es un être très anormal, Justin Case.

— Et toi, tu n'es pas censée qualifier mes propos d'étranges mais juste marmonner : « Je vois », sur un ton serein, en écrivant quelque chose sur ton calepin.

— Oh, pour voir, je vois. N'empêche, c'est bizarre.

Il acquiesça.

— Et celle-ci ?

Elle brandissait la photo d'un cheval de cirque qui bondissait, tout festonné de rubans colorés.

— Pas de cavalier. Il est tombé. On n'arrive pas à arrêter sa monture. Elle se sauve. Elle est devenue folle. Le cavalier a subi un traumatisme crânien. Ou bien il est mort.

— Tu inventes n'importe quoi, hein ?

— Non. C'est ce que je distingue là-dessus.

— Et là ?

Cette fois, elle tenait une tache d'encre.

— Impossible d'en parler. C'est bien trop abominable.

Il se détourna en frissonnant. Dorothea secoua la tête, nota quelque chose.

— Par rapport à toi, j'ai l'impression d'être aussi divertissante que Bozo le Clown.

— Désolé.

— Inutile de t'excuser, se récria-t-elle, surprise. Je ne t'accuse pas de faire *exprès* d'envisager le monde ainsi.

Ils jouèrent aux associations d'idées, obtinrent des résultats morbides – rien d'étonnant à cela. À d'autres moments, Dorothea suivait Justin partout avec un calepin. Elle prétendait observer les anomalies d'ordre psychologique (les siennes).

— Souffres-tu d'accès de mélancolie ? lui demanda-t-elle, avant de le dévisager et de renifler avec dédain. Question suivante, ajouta-t-elle sans attendre de réponse. Dirais-tu de toi que tu es possédé par des démons ? T'adonnes-tu aux pratiques de l'onanisme ? As-tu envisagé d'entrer dans les ordres ? De quoi rêves-tu ?

Oui, oui, oui, non. Ses songes étaient soit trop dérangeants, soit trop érotiques pour qu'il les partageât. Il en inventait donc.

— J'ai rêvé qu'un minuscule dragon vivait dans la paume de ma main. Ses griffes me faisaient très mal. Il s'exprimait d'une voix aiguë, avait des dents aiguisées comme des rasoirs.

Elle griffonna *dents aiguisées comme des rasoirs* dans son cahier, souligna les mots par deux fois, sous le regard nerveux d'Anna, qui s'agrippait à Alice comme à une bouée de sauvetage.

— Il est bizarre, expliqua l'aînée à sa cadette, mais pas dangereux.

Si seulement je pouvais être loyal envers elle, se disait Justin. Si seulement je pouvais lui raconter tout ce qui me traverse la tête, sachant que mes délires ne l'effraieront pas, qu'elle ne s'enfuira pas ni ne s'évanouira. Elle ne me considère pas comme fou. En tout cas, si elle le pense, elle n'en montre rien.

L'aidait qu'au moins une partie de la réalité d'une autre recouvre partiellement la sienne.

C'est ainsi que, jour après jour, tandis que Dorothea notait et qu'Anna se cramponnait au bras de Justin, il s'éprenait un peu plus d'elles deux, de leurs corps doux, de leurs traits flous et de leur drôle d'imagination ; de leurs voix haut perchées, de leurs yeux de chat et de leur façon décontractée d'exiger son affection. Il ne s'agissait pas de désir charnel, ni d'amour fraternel, mais de quelque chose de plus léger et de plus ambigu.

De leur côté, elles lui parlaient, le suivaient, acceptaient avec joie sa présence dans leur vie.

Toutes petites filles qu'elles fussent, elles restaient des filles.

37

Son chien manquait à Justin.

Le temps passant sans que Gaillard réapparût, le garçon commença à se faire à l'idée qu'il avait été grièvement blessé, voire tué, dans l'explosion survenue à l'aéroport.

Un observateur extérieur se serait attendu à ce que le décès d'un chien imaginaire soit moins traumatisant que celui d'un véritable animal. Ce ne fut pas le cas, cependant. Justin avait le sentiment que Gaillard avait été l'unique être vivant à avoir compris la demi-réalité particulière dans laquelle évoluait son ennemi. Ce qui était logique – Gaillard était lui aussi issu de cet univers-là.

Mais si cela était vrai, méditait sombrement Justin, si Gaillard n'avait pris forme que parce que lui, Justin, l'avait créé de toutes pièces, le modelant dans la boue des profondeurs de son subconscient, comment expliquer que le chien fût mort dans le monde réel ? Ces interrogations lui donnaient le vertige.

Le chien lui avait offert consolation et fidélité. Protection. Affection. Gaillard avait été à *lui*, sa création, son compagnon. Son âme sœur. Il avait été la seule créature sur Terre qui eût réussi à emplir le vide déchiqueté de son cerveau, de son cœur. Qui avait pu avoir envie de détruire cela ?

Justin connaissait la réponse. De désespoir, il enfouissait sa tête dans ses mains.

Je veux retrouver mon chien. Je *lui* parlerai. Je *le* supplierai de me rendre mon chien. Je ferai n'importe quoi. Je n'ai aucun orgueil.

Soudain, il s'asseyait, furieux.

Mais c'est *moi* qui ai créé Gaillard. Personne n'a le droit de le détruire, sinon *moi*.

Il hurlait, à présent, virevoltant comme un boxeur aveugle. *Tu n'as tout bonnement pas le droit de t'infiltrer dans mon esprit et de réduire à néant ma création ! Tu m'entends ? C'est mon chien ! Il est à moi, et je veux qu'il me revienne !*

Levant les yeux, Justin découvrit Dorothea qui le contemplait. Il essuya ses larmes. Détourna la tête.

— Je parlais au destin.

Elle garda le silence.

— Je veux récupérer mon chien, se justifia-t-il.

— Le lévrier ?

— Oui.

— Un grand chien gris pâle ?

— Oui.

— Vaguement tacheté ?

— Oui.

— Un regard plein de sagesse ?

— *Oui !*

— Je viens juste de le voir.

— *Quoi ?*

— Je viens de l'apercevoir dans le jardin de derrière. Il reluquait Alice. Pour être franche, je n'ai pas beaucoup apprécié l'éclat de son œil. Les lévriers et les lapins ne font pas bon ménage. Mais bon, il ne l'a pas touché. S'est contenté de le fixer.

Justin bondit hors de la chambre, dévala l'escalier, se rua au jardin.

Pas de chien.

— *DOROTHEA !*

— Oui ?

Elle se tenait juste derrière lui.

— *Où était-il précisément ?*

— Là-bas, répondit-elle tranquillement en

désignant un épais fourré de fougères, près du clapier d'Alice.

Il était là, en effet, confortablement allongé, à demi dissimulé par les feuilles, la tête posé sur un sac de copeaux de bois, endormi. Attrapant la fillette, Justin la serra contre lui.

— Merci, Dorothea.

— De quoi ?

— D'avoir retrouvé mon chien.

Elle plissa le nez.

— Je l'ai juste vu, répliqua-t-elle. C'est toi qui l'as ramené.

38

Avec le retour de Gaillard, Justin s'apaisa, se reconnecta à la réalité. Que cette dernière englobât un chien invisible et la présence occasionnelle de la voix de la malédiction semblait moins important que sa capacité à dormir la nuit, à se lever au matin et à interagir de manière sensée avec les autres êtres humains le reste du temps.

Ce jour-là, à travers la fenêtre de la cuisine, il aperçut un gros matou musculeux rôdant sur les murs du jardin de derrière. Le félin disparut brutalement avant de resurgir de sous une haie, un merle massacré dans la gueule. Bien que navré pour l'oiseau, Justin admira la nature impitoyable du chat, la façon dont son ventre souple s'attachait à des épaules et à des hanches puissantes et frôlait presque le sol quand il chassait.

— As-tu vu Alice ? demanda Dorothea en entrant dans la pièce, encore en chemise de nuit et suivie par Anna.

Il hocha la tête en remuant du porridge sur la cuisinière, destiné à Anna, et désigna le clapier, dehors.

— Il est là-bas, avec Gaillard.

C'était une douce matinée, et le lévrier était couché dans sa position favorite, allongé devant la bouche de chaleur, à surveiller la cage du lapin d'un demi-œil tandis qu'Alice somnolait, à moitié enfoui dans la paille, rassuré par la présence de son garde du corps. Dorothea s'était quelque temps inquiétée de ce que le chien pût retrouver ses instincts de prédateur à l'encontre des chats mais, depuis son retour, il avait paru se borner à observer ; il remarquait à peine les félins.

— Tant mieux ! commenta-t-elle, morose. J'ai passé une nuit affreuse. Tu as dû les entendre. Ils n'ont pas arrêté de miauler. Le renard a mis en émoi tout le quartier.

Les apparitions du renard, qui vivait au fond du jardin de la maison voisine abandonnée, provoquaient toujours beaucoup d'excitation et exigeaient qu'on redoublât de vigilance à l'égard d'Alice. Dorothea parlait du goupil comme d'une renarde, ce qui ne manquait pas d'étonner Justin. Comment le savait-elle ? Un renard n'était jamais qu'un renard, surtout entrevu de loin.

— Ne sois pas idiot, le réprimanda-t-elle quand il lui fit part de ses doutes. D'abord, elle est petite, délicate au niveau des bajoues. Par ailleurs, elle est sournoise. Elle réfléchit comme une femme.

Justin faillit éclater de rire, se retint par respect pour Anna qui avait écouté avec angoisse ces explications, sa terreur exagérée se mêlant à un frisson de plaisir.

— Et Alice ? haleta-t-elle.

— Alice est en danger, décréta sa sœur, les mâchoires serrées et les yeux plissés. La renarde a flairé sa présence.

Par la fenêtre, elle jeta un coup d'œil à la créature rousse perchée sur la barrière, puis se retourna vers Anna.

— Une fois qu'elle a senti la trace d'un lapin, c'est *fichu*.

Elle grimaça et passa son doigt sur sa gorge en un geste évocateur. Anna, terrorisée, fondit en larmes.

— Pauvre Alice ! s'écria-t-elle.

Dorothea la gratifia d'un regard lourd de mépris.

— Ne sois pas aussi chochotte, lui ordonna-t-elle, réprobatrice. Ce sont les lois de la nature.

— *Alice !*

À présent, Anna braillait littéralement. Dorothea contempla Justin avec des airs de martyre. La petite paraissait si secouée, qu'il se sentit néanmoins obligé d'intervenir.

— Ne t'en fais pas, Anna, la rassura-t-il. Aucun renard sensé ne s'en prendrait à un lapin de la taille d'Alice.

Il s'empara de sa main potelée, la garda entre les siennes un instant. Les prunelles qu'elle tourna vers lui était pleines de dévotion et du désir de le croire. Lorsqu'elle le dévisageait ainsi, il avait l'impression d'être une source de clarté, de devenir presque lumineux.

— Quel sentimentalisme idiot ! déclara calmement Dorothea. Les renards mangent les lapins. Quelle que soit leur taille. Il y a des prédateurs, il y a des proies, c'est dans l'ordre des choses. Si cette renarde attrape Alice, dommage, mais *tel aura été son destin.*

Justin fixa la fillette avec stupeur. Elle pencha la tête, triomphante.

Tout cela pour une petite existence insignifiante ! Il ne s'agit que d'un lapin !

Dans le cerveau de Justin, le bouton « peur » se ralluma.

Non ?

39

Au fil des jours, Justin prit l'habitude de s'appuyer tantôt sur Gaillard tantôt sur Peter, tirant des forces de leur constance et de leur discrétion. Il découvrit qu'il pouvait se reposer pendant que son ami étudiait ; la seule respiration de Peter et sa façon méthodique de tourner les pages l'apaisaient. Son hôte avait le don de se déplacer en silence, d'occuper si peu de place dans la chambre que Justin oubliait souvent son existence, sursautant de frayeur quand Peter produisait un bruit. Il commença à cerner l'efficacité avec laquelle la modestie de son ami déviait l'attention qu'on pouvait porter à tel ou tel de ses talents. Le monde paraissait flotter autour de lui, tranquille, comme de l'eau autour d'un petit poisson.

En réalité, Peter était doté des qualités précises que Justin cherchait en vain à cultiver. Là où ce dernier était angoissé, Peter était calme ; où il était sombre, Peter était clair ; où il se débattait pour échapper au radar de la destinée, Peter semblait avancer dans la vie bien au-dessous de ce radar.

Grâce à la transparence qui avait été accordée à son cœur pur, Peter n'avait apparemment aucune conscience de lui-même, de ses atouts. Alors que Justin ne pensait qu'à eux. Comment obtenait-on pareille luminosité ? Justin aurait donné n'importe quoi pour ressembler à cela, pour que son visage reflétât la symétrie paisible d'une âme en ordre. Parfois, il rêvait d'un procédé médical, d'un chirurgien spécialisé qui le découperait en deux du thorax au pubis, ôterait les couches goudronneuses de son épiderme, y insérerait un tuyau pour aspirer les zones grises de son corps, les cavernes répugnantes et les ténèbres boueuses entourant son cœur, son estomac et son foie. Ne resteraient que des matières roses et saines, élastiques et douces au toucher. Elles ne colleraient pas à ses doigts, ne tacheraient pas ses pensées.

Il habitait chez eux depuis une semaine quand Peter lui proposa de s'entraîner ensemble. À ses yeux, c'était un bon moyen de sortir son ami de la maison, de le réinsérer dans un monde extérieur à sa propre tête. Justin hésita d'abord, puis se laissa persuader. C'est ainsi que les deux garçons commencèrent à se lever à six heures moins le quart tous les matins et, accompagnés de Gaillard, à filer dans l'obscurité hivernale, à une allure régulière de treize kilomètres-heure.

Au début, Justin trouva cela absurde. Il avait beau aimer Peter, il était évident que ce dernier était tout sauf un athlète. Il était beaucoup trop grand, et son survêtement paraissait ne jamais lui aller ; il consacrait l'essentiel de chaque entraînement à tirer sur l'élastique de sa ceinture afin d'éviter que son pantalon ne lui glissât au bas des pieds. De plus, son pas était maladroit et pesant, en partie à cause de son manque de coordination, d'après Justin, en partie à cause de son absence de vanité. Même en plein effort, il tanguait, constamment déséquilibré et lourdaud.

Et pourtant, Justin ne le distançait jamais.

Longtemps, il s'en aperçut à peine. Il adaptait son allure à celle de son ami ; il semblait impoli de vivre chez quelqu'un et de le semer tous les matins. Puis, au bout de plusieurs jours, Justin oublia de ralentir et se surprit à foncer d'arrache-pied. Il revenait à son nouveau foyer dégoulinant de sueur et soufflant comme une locomotive. Près de lui, Peter respirait normalement.

Lorsqu'il partait en sprint, Peter le suivait ; qui plus est, en tenant souvent des propos joyeux auxquels Justin n'était pas en état de répondre, faute d'haleine et de culture.

Il prit enfin conscience qu'il n'avait jamais vu Peter fatigué.

Ces observations le poussèrent à accélérer jusqu'à tituber d'épuisement. Il rajouta des kilomètres à leurs courses matinales, d'autres encore, dans l'espoir de laisser son compagnon sur place. Sauf que Peter continua à gambader à son côté, sans même transpirer.

Finalement, un dimanche, Justin s'arrêta pour le toiser.

— Explique-moi un peu ça.

L'autre sembla perdu.

— Hum..., répondit-il en haussant les épaules, l'air vaguement soucieux. Quoi donc ?

— La course, Peter, *la course*. Tu n'es jamais en sueur.

Haussant derechef les épaules, son ami s'excusa d'un sourire.

— C'est que je ne fatigue jamais vraiment.

— Comment ça ? Qu'est-ce que tu racontes ? Bien sûr que si, tu fatigues. Tout le monde fatigue. C'est justement le but. En ce moment, je suis tellement crevé que j'en ai la nausée.

— Je sais, admit Peter avec un hochement de tête plein de compassion.

— Tu sais ? Qu'est-ce que ça veut dire ?

— Que moi... eh bien, ça ne m'arrive jamais. De fatiguer.

— *Pardon ?* s'exclama Justin, incrédule. L'entraîneur est-il au courant ?

— Je ne crois pas, s'esclaffa Peter, nerveusement. Je ne lui en ai jamais parlé.

— Que se passe-t-il quand tu pousses l'allure ?

— Pas grand-chose.

— Ça ne t'épuise toujours pas ?

— Non, pas réellement.

Justin n'en revenait pas.

— Tu ne serais pas hyper-rapide aussi, des fois ?

— Aucune idée, je ne me suis jamais chronométré.

— Alors, viens. Juste une petite course. D'ici au bout de la rue.

Malgré les protestations de Peter, Justin s'accroupit.

— Prêt ? Partez !

Peter hésita et se mit à galoper, bien après Justin. En cinq bonds, il le rattrapa. Se tournant vers son ami, il cria :

— Écoute, c'est ridicule, ne...

— COURS ! beugla Justin, les poumons en feu.

Peter obtempéra. Il s'éloigna sans efforts apparents de son camarade, d'un mètre d'abord, puis de deux. Gaillard gambadait entre eux deux, ravi : *voilà qui est mieux !* Peter atteignit leur but avec près de cinq mètres d'avance, alors que Justin l'avait vu ralentir sur la fin.

— Nom d'une pipe, Prince ! s'étrangla-t-il en s'affalant sur le trottoir, éreinté. Nom d'une pipe !

Il lui fallut une bonne minute pour reprendre haleine.

— L'entraîneur va en tomber raide, quand il l'apprendra, ajouta-t-il.

Peter eut l'air mal à l'aise.

— Je... euh, je préférerais qu'il n'en sache rien.

— Quoi ?

— Ce serait sympa que tu ne lui dises rien. Il exigerait encore plus de moi, me braillerait dessus ou me montrerait en exemple. J'aimerais mieux continuer à faire comme avant.

— Je ne saisis pas, murmura Justin. Si j'étais capable de courir comme toi, je m'offrirais une pleine page de pub dans le *Times*.

— Je ne pense pas, non, sourit Peter Prince. Et puis, tu es mieux coordonné que moi. Tu es un beau coureur. Personne ne serait surpris si ça venait de toi.

Ils repartirent – Peter, Justin et Gaillard – plus lentement cette fois. Justin était sombre. À quoi bon travailler aussi dur, à quoi bon s'épuiser ainsi, quand il était encadré par deux talents d'une magnitude totalement autre ?

— N'as-tu jamais songé à courir de toutes tes forces pour gagner, juste histoire de connaître la sensation de la victoire ? demanda-t-il à son ami.

Dans la lumière plate du matin, la douleur dans ses muscles brûlants lui rappelaient sa défaite. Peter réfléchit une seconde.

— Non. J'imagine que si je voulais l'emporter je l'aurais fait depuis longtemps. Je déteste me mettre en avant.

— Ça n'a rien à voir. Il s'agit seulement de courir. Aller le plus vite possible, rien que pour *toi*. Pas pour les applaudissements, les médailles ou quelqu'un d'autre.

Peter garda le silence. Quand il répondit, ce fut avec réticence.

— Je sais ce que je vaux.

— Mais à quoi bon avoir un talent si tu ne t'en sers pas ?

Justin avait conscience de se montrer irascible, mais c'était plus fort que lui.

— Je m'en sers.

— Tu m'as très bien compris. Pourquoi avoir rejoint l'équipe ?

— J'aime la discipline, la routine. Je cours

parce que ça me donne le sentiment d'avoir de la grâce, ajouta-t-il après une courte pause. Ce sont les seuls moments pendant lesquels je n'ai pas l'impression d'être un manchot. Et cela m'aide à réfléchir. Ça augmente l'afflux de sang au cerveau.

Il gratifia Justin d'un grand sourire.

Ils poursuivirent leur course en silence, traversèrent une rue qui, en semaine, aurait été bondée de banlieusards. Elle était déserte, à présent, hormis une fourgonnette de la poste, la Ford délabrée d'un chauffeur de taxi et une gérante de laverie ouverte 24 h/24 qui fumait sur le trottoir, devant son local. Elle les salua du bras.

— Et toi ? Pourquoi as-tu accepté d'être dans l'équipe ?

— Ce n'était pas mon idée, soupira Justin. J'y ai été poussé, en quelque sorte. Pourtant, ça marche. Je cours... (Il se tut, devint songeur.) Pour m'échapper, j'imagine. Rester sain et sauf.

Ils arrivèrent à un grand carrefour. S'arrêtèrent à un feu rouge. Peter jeta un regard en coin à son ami.

— Vis-à-vis de la destinée ?

— Oui, admit Justin sur un air de défi. Je me fiche que les autres pensent que je suis fou. J'ai trop souvent failli y passer.

Peter ne releva pas. Leurs pieds martelaient le

trottoir à un rythme précautionneux et synchronisé.

— Malheureusement, enchaîna Justin d'une voix plus calme, plus résignée, les yeux fixés droit devant lui, je me suis transformé en cette nouvelle personne qui semble me dévorer vivant. La plupart du temps, je ne sais pas qui, d'elle ou de moi, le sort désire tuer.

Peter garda le silence pendant dix pas. Vingt pas.

— D'où tiens-tu qu'il souhaite ta mort ?

— D'où te viennent les choses ? éluda Justin en secouant la tête. Tu les sais, un point c'est tout.

— La mauvaise science repose toujours sur un enchaînement logique convaincant. Une logique fausse. Une fois en place, elle est encore plus difficile à détricoter que pas de science du tout. Pour la réfuter, tu es obligé de mettre à bas les vieilles preuves afin de tenter de deviner où le raisonnement est biaisé. Une toute petite déviance, et tu fais tourner le Soleil autour de la Terre. Ou tu affirmes que respirer l'air nocturne donne la grippe.

— Et alors ?

— Alors, efforce-toi de repenser ton affirmation. Vérifie ta logique. Cours-tu parce que tu es pourchassé ? Quelque chose te poursuit-il afin de te nuire ? Pense à un chien, plus tu te sauves devant lui moins il renonce. Et si le destin te traquait *parce que* tu cours ?

— Tu me crois quand je dis qu'il existe ?

— Pas nécessairement, mais pour notre démonstration, ça n'a pas d'importance. C'est un peu comme avec Gaillard. Même si le problème n'est que dans ta tête, ça ne change en rien sa dynamique.

— Penses-tu que je devrais arrêter de courir ?

— Je l'ignore, répondit pensivement Peter. Je pense surtout que tu devrais cesser d'avoir peur. S'il existe vraiment une force surnaturelle prête à te sauter dessus, tu n'arriveras sans doute pas à la tromper en prétendant être quelqu'un d'autre. Ou, du moins, pas très longtemps. Pourquoi ne pas te fier à ton instinct ? Tu ne crois pas que ça pourrait marcher ?

— Non.

Peter n'insista pas, et le reste de leur entraînement ne fut plus bercé que par le bruit de leur respiration et le martèlement de leurs pieds sur le sol.

40

Justin retourna au lycée.

Les rumeurs sur les raisons de son absence s'étaient répandues et, en dépit – ou à cause, peut-être – de leur imprécision, elles suscitèrent un nouvel intérêt pour lui. Un ou deux camarades de classe jurèrent l'avoir vu sur un cliché du crash aérien de Luton mais, les photos des journaux étant petites et mal imprimées, il était impossible d'en avoir la certitude. Quelques enseignants lui jetèrent des coups d'œil nerveux, et l'adolescent s'interrogea sur les excuses que ses parents avaient pu inventer pour justifier son absence. Défaillance mentale aurait au moins eu le mérite d'être juste.

Il renonça à faire semblant d'écouter en classe. Il arrivait en même temps que tout le monde, affichait une expression à peine consciente et, pendant que ses professeurs ronronnaient sur la guerre des Boers et sur la théorie de la gravité, il songeait à Agnes.

Parfois, il attirait l'attention de ses pairs.

— Hé, pauvre type !

— Salut, le dingue !

Cependant, la majorité d'entre eux se moquaient de lui comme d'une guigne.

Peter et Gaillard l'accompagnaient quasiment partout sur le territoire du lycée, et il leur en était reconnaissant. Peter bénéficiait d'une sorte d'immunité diplomatique face au harcèlement, grâce à son intellect et à son heureux caractère, et Justin espérait qu'elle déteindrait sur lui.

Ce fut Peter qui remarqua que c'étaient surtout les garçons qui s'en prenaient à Justin. Les filles étaient devenues étonnamment silencieuses. Elles se bornaient à le fixer. Elles contemplaient ses cernes noirs. Elles détaillaient ses vêtements et l'indifférence avec laquelle il les portait. Elles étaient attirées par lui, par le glamour de la catastrophe aérienne et par la sexualité tragique qui émanait de lui.

C'est ainsi qu'il s'entoura d'une cour. Les filles

s'agglutinaient dans son aura dès le moment où il surgissait le matin, avant les cours, jusqu'à celui où il s'en allait. S'apercevant du phénomène, il les envisagea avec suspicion, craignant les insultes. Au lieu de quoi, leurs prunelles se posaient sur lui, s'y attardaient puis le quittaient, à la fois séduites et angoissées par sa différence. Pour lui, elles se pavanaient et roulaient des hanches, pointaient des poitrines toutes neuves vers lui. Elles se consumaient de rage devant son regard dénué d'expression. Lui adorait autant qu'il la craignait leur attention.

— Salut ! lui lança un jour une donzelle de quinze ans lasse du monde et toute en jambes.

N'ayant aucune idée de ce qu'il devait répondre, il ne releva pas l'apostrophe.

Elles prirent son silence pour du mystère, le peignirent en être torturé, passionné. Leur intérêt l'excita. Il se mit à avoir des érections si fréquentes et si inopinées que le désir sexuel se transforma en une épreuve à laquelle il fallait survivre. Justin aspirait à céder à ces filles, à la certitude puissante de leur indifférence. Il rêvait de s'abandonner à l'intimité de leurs mains froides et cruelles.

Et pourtant, tout ce qu'il savait du sexe suggérait que cela ne ferait qu'amener à de nouvelles humiliations. À d'autres trappes. Il n'en fallait pas beaucoup pour qu'il s'imaginât piégé par le désir. Il avait déjà parcouru les trois quarts du chemin dans cette direction.

Une fois, alors qu'il allait d'un cours à l'autre, il leva la tête, aperçut Serena et Alex qui, bras dessus bras dessous, paradant dans les couloirs avec l'autorité absolue d'un Premier ministre et de son ministre de la Justice. Nous régnons sur cette principauté, affirmait leur démarche chaloupée et affectée qui suait l'assouvissement sexuel. Alors qu'ils le croisaient, Serena s'arrêta. Puis elle se tourna lentement, comme confrontée au serf le plus vil de la masure la plus crasseuse du Moyen Âge le plus obscurantiste et, d'un simple regard de ses yeux en amande doublé d'un frémissement de ses narines exquises, elle l'annihila, braqua ses pistolets interstellaires sur l'espace qu'il occupait et – zap ! – le débarrassa de sa présence.

Atomisé, il s'éloigna lentement vers la bibliothèque, dénicha le coin le plus sombre et le moins fréquenté et s'y installa, petit tas de molécules désordonnées à l'âme blessée. Il n'occupait pas beaucoup de place.

Autour de lui, des personnes de densité moyenne allaient et venaient – le frôlaient, le traversaient, se cachant pour se lécher la pomme en vitesse, tirant une taffe sur une cigarette ou sur un joint, envoyant des textos illicites. L'une d'elles jeta même un coup d'œil à un livre.

Justin remarqua qu'une fille l'avait suivi et l'observait.

Une énième admiratrice, pensa-t-il avec amertume en filant derrière un mur de livres sans voir le sourire à peine esquissé qu'elle risquait à son intention. Ce fut un beau sourire, un sourire sans ambiguïté. Se tassant près d'une pile de quotidiens, Justin ferma ses yeux anéantis et tenta de se consoler en songeant à sa position relativement privilégiée dans l'ordre du monde. Il savait par les gros titres qui s'étalaient à côté de lui que des gens mouraient de faim dans des pays aux faibles ressources naturelles. Que des tempêtes et des séismes inattendus tuaient des milliers de malheureux, tandis que despotes et fanatiques réduisaient les peuples à l'esclavage, assassinaient les enfants et torturaient les médecins.

Peter avait raison. En comparaison, il était le gars le plus chanceux du monde. Pas aimé et pas digne de l'être peut-être, mais logé, bien nourri et aux commandes de ses facultés. Ni aveugle ni boiteux, ni culturellement handicapé d'aucune façon que ce fût. À moins de prendre en compte le gros ballon de cirque en caoutchouc sur lequel il faisait constamment l'équilibriste ; et la Terre qui ne cessait de rouler et de tanguer sous ses pieds.

Se relevant, il quitta la bibliothèque.

Si seulement il avait pu s'enfuir à toutes jambes

et traverser les frontières au-delà desquelles les alentours se faisaient faubourgs et les faubourgs campagne ; où les trottoirs cédaient aux bas-côtés qui eux-mêmes cédaient aux haies, où le sol devenait mou et élastique sous l'effet de l'humus ! Il éprouva le besoin de tester la densité de ses os et la flexibilité de ses muscles. Il ressentit la nécessité d'une allure régulière qui renforcerait son esprit et insufflerait l'ordonnance d'une percussion dans son cerveau.

Il courut seul, plus vite, plus ardemment, plus longtemps ; il courut comme un dératé pour épuiser sa libido. Il courut pour extirper de ses membres la convoitise, et de sa tête la terreur ainsi que la luxure. Il courut pour cesser de penser à des cheveux soyeux et à des cuisses pulpeuses, à des moignons sanglants et à des lèvres glacées, à des hurlements, à des gémissements, à des menaces chuchotées. Il courut pour que la fatigue lui permît de dormir. Il courut pour échapper au chemin naturellement inexorable et terrifiant de son sort.

Bien sûr, cela ne fonctionna pas mais, au moins, il fut trop las pour passer ses nuits à se branler.

41

Agnes ne téléphona pas une seule fois de tout le séjour de Justin chez Peter et Dorothea. Elle estimait que c'était plus gentil, alors que ça ne l'était pas. Quand elle prit enfin contact, elle fut extrêmement soulagée que Peter réponde, et non Justin.

J'expose bientôt ! exulta-t-elle. Voilà un moment que j'avais ce projet en tête.

Au bout de quelques minutes, elle raccrocha sans avoir demandé à parler à Justin.

Peter sentit un nœud d'inquiétude se former dans son ventre, mais il n'y avait rien qu'il pût dire, rien qu'il pût faire si ce n'est attendre et voir.

Lorsqu'il transmit le message à son ami, le lendemain au petit déjeuner, ce dernier minimisa la nouvelle. Sa désinvolture ne trompa personne cependant.

— Pour quelle raison exactement es-tu tombé amoureux d'Agnes ? s'enquit Dorothea en acceptant le toast qu'il lui tendait.

Peter jeta un coup d'œil à Justin.

— Elle m'a donné l'impression que j'étais important, répondit celui-ci. Fascinant. Et puis, elle est si... si entière. J'ai été flatté.

— Mouais.

— Comment ça, mouais ?

— Rien que mouais.

La fillette mâchonna en silence pendant quelques instants.

— Et ça suffit pour tomber amoureux ? reprit-elle ensuite.

— De se sentir flatté ? Il faut croire que, pour moi, oui. Elle a consacré pas mal de temps à me fixer au fond des yeux et à inventer des façons de m'améliorer. J'imagine que ça doit paraître minable.

— En effet, acquiesça Dorothea dont le regard resta impassible.

Un couteau à la main, Justin se figea.

— Cela dépend peut-être de la force avec laquelle tu désires être amélioré, murmura-t-il.

— Elle se situe où, la force de ton désir à toi ?

— Oh, bien au-delà de l'échelle habituelle. Une autre tartine ?

Peter déposa un bol de nourriture pour chat devant la porte de derrière.

— Si ça se trouve, fit-il remarquer, tu es dans la moyenne. Simplement, certaines personnes cachent leur envie de changer mieux que d'autres.

— Mieux le dissimuler, c'est le ressentir avec moins de force, répondit Justin.

Dorothea secoua la tête.

— Ce doit être horrible d'être toi, commenta-t-elle.

— Merci du compliment, riposta Justin, déprimé.

— À ton service. Tu n'y peux pas grand-chose, de toute manière.

Rassemblant les miettes qui salissaient sa chemise de nuit, elle quitta ses pantoufles pour des bottes en caoutchouc et fila au fond du jardin afin de remplir la mangeoire des oiseaux.

Quand Agnes rappela, ce fut pour annoncer aux garçons qu'elle voulait s'octroyer une journée loin de la ville et pour les inviter à l'accompagner au bord de la mer. Vues dégagées, mers démontées, ciels gris – voilà ce qu'elle exigeait. De grands espaces ouverts.

— Je me suis dit que ce serait sympa de vous avoir tous les deux avec moi, expliqua-t-elle.

Tu m'as déjà eu, songea Justin avec tristesse. Tu le veux donc lui aussi ?

— Justin ?

Mais on est en décembre, objecta-t-il par-devers lui. On va se geler, ce sera moche et désert ; sûrement la raison pour laquelle tu n'as pas envie d'y aller seule. Et puis, tu n'as pas de gentilles petites amies de ton âge ?

— Bon, d'accord, finit-il par céder.

Elle ne tenait pas se retrouver en tête à tête avec lui. C'était pour le moins évident.

Peter, lui, parut content d'avoir été inclus dans le projet. Bref, le samedi suivant, à la lueur matutinale d'un ciel plein de nuages gris sombre à travers lesquels filtraient les rayons d'un soleil étincelant, ils partirent pour l'appartement d'Agnes.

Parce que Noël approchait, Luton était parée de ses couleurs festives les plus criardes. Ils firent un détour par le centre commercial, furent contraints, quand ils y entrèrent, de protéger un instant leurs yeux des éclats argentés aveuglants. Les haut-parleurs diffusaient une musique de si mauvaise qualité qu'il était impossible d'identifier la mélodie. Ç'aurait pu tout aussi bien être *Good King Wenceslas* que

Santa Baby[1]. En gémissant, Gaillard se blottit contre la jambe de Justin, tandis que les garçons regardaient autour d'eux puis se dévisageaient avec une horreur feinte.

— Filons ! cria Peter.

Ils se ruèrent dehors, morts de rire.

— Bon sang ! C'est le neuvième cercle de l'Enfer !

— Il faut que je trouve un cadeau pour Charlie, dit Justin. J'ai cherché partout, en vain. Mais je ne supporte pas cet endroit.

— Un vrai cauchemar, acquiesça Peter. Les courses de Noël sont atroces.

Ils s'éloignèrent en direction de chez Agnes dans un silence amical, plissant des yeux sous le soleil. De temps à autre, Peter lançait un joujou baveux et déchiqueté à Gaillard. Le chien ne se donnait pas la peine de courir après, se bornait à l'attraper au vol avant de revenir vers le garçon, tout empreint d'une obéissance résignée.

Ils étaient presque arrivés quand Peter se tourna brusquement vers son ami.

— Justin, commença-t-il, hésitant. Je n'arrête pas de m'interroger sur ce qui s'est précisément

1. *Good King Wenceslas* : chant de Noël très populaire, inspiré par le personnage de Venceslas Ier, duc de Bohême au Xe siècle. Les paroles détaillent la façon dont le roi fait l'aumône à un pauvre paysan le jour de la Saint-Étienne, le lendemain de Noël et réalise un miracle en réchauffant la trace de ses pas dans la neige glacée. *Santa Baby* : immense succès créé en 1953, qui liste les ahurissantes demandes de cadeaux d'une femme, sorte de parodie de chant de Noël.

passé entre toi et Agnes. Enfin, si ce n'est pas indiscret. Vous aviez l'air de bien vous entendre, puis... pourquoi ce déménagement précipité chez nous ?

À un autre moment, la question aurait plongé l'adolescent dans le désespoir. Là, il se contenta de soupirer.

— Nous avons couché ensemble. Je lui ai avoué que je l'aimais. La cata.

Peter réfléchit. Ils bifurquèrent dans la rue où habitait la jeune femme.

— Les femmes sont compliquées, finit-il par marmonner en prenant le jouet à Gaillard pour le lui renvoyer. Enfin, ce ne sont que des supputations. Mon expérience est plutôt limitée. Très limitée, même. En fait, s'esclaffa-t-il, elle commence et s'achève avec mes sœurs.

— La mienne commence et s'achève dans l'humiliation.

— Ça ne valait vraiment pas la peine ? s'enquit Peter avec un intérêt non feint.

— Non, sauf si tu aspires à être rejeté.

Ils sonnèrent à la porte, et Agnes les fit patienter dans le salon le temps qu'elle termine de s'habiller. Gênés, les garçons s'assirent sur ce qui avait été le lit de Justin, un détail que tous deux s'efforcèrent d'ignorer.

— Hé, souris ! chuchota Peter quand Agnes eût quitté la pièce. Toi au moins, tu as couché.

— Je dirais plutôt que j'ai été couché.

Peter se demanda pourquoi les gens appréciaient si rarement les complexités de l'instant présent. Il se demanda ce que ça faisait d'avoir perdu sa virginité, d'être attirant aux yeux des femmes, de posséder l'étrange qualité qui rendait Justin tellement fascinant à leurs yeux.

Peter pensait avoir la réponse. Il y avait dans la noirceur dérangeante de son ami quelque chose qui l'attirait également : son besoin d'être aimé, sa soif (et son incapacité) de faire que deux plus deux n'égale rien d'autre que *pi*. Il semblait infichu d'ordonner l'univers de manière rassurante, avait du mal à différencier la faim de la solitude, la colère de l'amour, la peur du désir. Peter ne parvenait pas à imaginer comment on pouvait traverser la vie avec un cerveau aussi bizarrement ficelé, mais cela donnait un spectacle captivant. Comme assister à une catastrophe ferroviaire.

La colère et la peur réintégrèrent le salon, vêtues d'un imperméable vert qui tombait aux chevilles, d'une écharpe torsadée genre tricot irlandais d'une longueur absurde et de bottes en caoutchouc blanches à hauts talons.

— Qu'en pensez-vous ? lança Agnes avant de se raviser aussitôt. Non, pas de commentaires ! Je ne permets à personne d'être impoli quant à ma façon de m'habiller.

Peter se fendit d'un vaste sourire.

— Le manteau est chouette. J'aimerais bien avoir le même.

Justin bouda.

— Où va-t-on, à propos ? grommela-t-il. Tu nous emmènes à Beachy Head[1] ? Tu as l'intention de nous entraîner au bord des falaises, de nous pousser à l'eau et de jurer ensuite que c'était un accident ?

— Tu as tout compris, riposta la jeune femme. Et je ne m'en priverai pas si tu continues à tirer cette tronche.

Elle leur tint la porte avant de leur emboîter le pas, tenant ses clés de voiture à la main, ainsi qu'un panier pique-nique et un petit sac en fourrure rempli de cartes.

— C'est parti, les gars. Le monde est à nous !

---

1. Site touristique situé au sud de l'Angleterre, réputé pour son vieux phare et ses falaises de calcaire abruptes, les plus élevées du pays.

42

Justin n'était encore jamais monté en voiture avec Agnes. Lui et Gaillard s'entassèrent sur le siège arrière de son antique Renault. Le chien adopta son attitude habituelle de splendide langueur : tête posée sur les genoux de son maître, arrière-train appuyé contre le vieux revêtement bosselé, jambes étirées.

Justin plaqua ses mains sur ses oreilles pour tenter d'étouffer les rugissements du moteur, cependant que le véhicule s'épuisait à maintenir son allure. Il était soulagé de ne pas devoir regarder la route – Agnes conduisant mal et sans aucune sagesse.

Bien que sa taille l'eût tout désigné pour occuper le siège avant, Peter avait essayé d'amener son ami à s'asseoir à côté de la jeune femme. Justin aurait accepté si cela avait été possible sans qu'il passât pour puéril. À présent, il les observait qui bavardaient avec aisance, leurs paroles avalées par le bruit de l'auto.

Que fichait-il ici, de toute façon ? Il n'arrivait pas à se souvenir de ce qu'il avait trouvé à Agnes, cette harpie machiavélique au cœur dur, cette séductrice qui abandonnait de jeunes innocents après les avoir croqués. Il les fixait avec rage, sous les regards en biais de Gaillard.

Soutenu avec enthousiasme par Peter, il ouvrit le panier au bout d'une heure de voyage et distribua chips, sandwichs et bananes, en dépit des protestations d'Agnes.

— Manger en voiture est une habitude anglaise terriblement déprimante, soupira-t-elle. J'avais apporté des couvertures et du café chaud pour que nous déjeunions sur la plage.

Un instant, Justin imagina le bord de mer glacial – eux trois blottis les uns contre les autres, leurs inhibitions reléguées à la deuxième place par le besoin de chaleur – et regretta d'avoir gâché le pique-nique.

Ils n'auraient pas dû mettre plus de deux heures pour atteindre la côte, mais entre la façon dont Agnes conduisait et celle dont elle s'orientait sur une carte, il leur en fallut trois. Elle et Peter exultaient, Justin continuait à bouder. Plus il boudait, plus il se sentait idiot, mais il était incapable de changer de comportement d'une manière élégante.

Ils quittèrent l'autoroute. La chaleur de ce soleil hivernal précoce était suffisante pour parer d'or les roselières et, le visage collé au carreau, Justin distingua un troupeau de chevaux d'un cuivre éclatant à demi cachés derrière l'écran d'une haie. L'un d'eux releva la tête et les observa avant d'offrir son encolure au vent humide et salé. La végétation céda la place à des marais plantés de cardères et d'herbes plumeuses. Un grand héron bleu agita ses ailes préhistoriques et s'éleva lourdement dans le ciel. Justin fumait la mer dans la bise qui sifflait par la fenêtre. Des sternes voletaient et plongeaient, des aigrettes pataugeaient dans la plaine marécageuse.

Agnes finit par s'engager dans un chemin de terre marqué « Privé », et ils cahotèrent le long de la côte, dépassèrent une vaste et sévère demeure edwardienne autour de laquelle poussaient, incongrues, des pelouses vertes. La route s'achevait sur une clairière sablonneuse, un panneau stipulait qu'il était interdit de s'y garer. Agnes se rangea, sortit de voiture, enfila son imperméable vert et s'étira, bras offerts au vent.

— Quelle vue magnifique !

Elle tendait la main au-delà de la dune broussailleuse, et Justin distingua le sommet d'une grande voile qui flottait mystérieusement sur ce qui devait être du sable. Il tint la portière à Gaillard, qui posa ses pattes avec prudence sur le sol, resta figé un instant, paupières à moitié fermées, puis partit comme une flèche, escalada la dune et disparut de l'autre côté.

L'air chargé de sel et la chaleur du soleil remplirent Justin de joie, lui aussi. Il faillit oublier sa rancœur dans son désir de suivre le chien sur la plage.

— Allons-y ! lança-t-il à Peter.

Tous deux s'éloignèrent en courant. Agnes suivait, étonnamment agile malgré ses hauts talons. Tous trois parvinrent en même temps sur la crête de la butte. Un canal étroit et profond expliquait la présence du voilier, des courlis étaient rassemblés un peu plus loin, plongeant leurs becs dans les eaux vaseuses, à la recherche de leur déjeuner. À une centaine de mètres de là, Gaillard s'était arrêté en dérapant et semblait se donner des grands airs, bondissant, sautillant, jambes tendues comme celles d'un lipizzan. Il se roula dans un tas d'algues, se débarrassant de ses odeurs citadines, se releva et resta à frissonner au soleil, puis déguerpit de nouveau à travers les dunes.

L'adolescent se laissa tomber dans les hautes

herbes vert pâle, enfouit ses bras dans les manches tièdes de son manteau et ferma les yeux, cependant que Peter se dirigeait vers la grève.

— Comme il n'y a plus de pique-nique, je vais me balader, annonça Agnes en indiquant le sud, où les bancs de boue se transformaient en une plage de cailloux chatoyants. Au cas où je vous perdrais de vue, on se retrouve ici au crépuscule.

Justin acquiesça sans ouvrir les paupières ; le vent d'hiver sur son visage l'incitait à la paresse.

Clic-clic-clic.

Il l'ignora.

Peter revint vers lui, ses tennis et le bas de son pantalon trempés d'eau salée. Il avait envie de confier à son ami combien Agnes lui paraissait gentille et sympa, puis, se souvenant de son humeur noire, il préféra s'abstenir.

— On marche un peu ? proposa-t-il à la place en s'enfonçant sur le sentier qui courait entre les dunes.

Lentement, Justin se releva et lui emboîta le pas, somnolent et languide.

Ils longèrent la côte jusqu'à l'endroit où la plage s'achevait. Il était plus aisé de se cantonner au chemin que de marcher sur les galets, mais cela les obligeait à lutter pour ne pas être déséquilibrés par la bise qui venait du large, grimpait à l'assaut des tertres sableux, agitait les marais et ébouriffait les roseaux. Justin fourra ses mains dans ses poches et enfonça son bonnet de laine sur ses oreilles. Il jeta un regard à Peter, qui avançait, tête nue, en arrière, les pans de son manteau flottant dans le vent.

— Tu n'as pas froid ? s'étonna-t-il.

— Non. J'ai le sang chaud. J'aime sentir l'air glacé aérer mon cerveau, tu n'as pas oublié, non ? Ça l'oblige à réfléchir plus intensément pour éviter de s'enrhumer.

— Tu es cinglé.

Peter sourit, boxa la bise marine.

Justin descendit le sentier jusqu'à une arête schisteuse. Là, les bourrasques étaient moins fortes, et le garçon s'arrêta près d'un trou d'eau naturel ménagé dans les rochers. Il s'accroupit pour l'examiner. Des rayons de soleil rasant illuminaient le bassin calme, mis à part les frissons que le vent déclenchait parfois à sa surface. Il tâta l'eau, elle était tiède.

Justin s'allongea sur le ventre, le visage à deux centimètres du trou d'eau, et s'imagina en train de flotter dans les algues. Il exhala doucement, ridant l'onde, puis retint son souffle en attendant qu'elle retrouve sa transparence. À travers ses paupières mi-closes, il se projeta en bas, de plus en plus profond, jusqu'à ce qu'il se vît glisser, nager au milieu de remous étonnamment chauds, en sécurité à l'intérieur de son minuscule monde fermé.

Sur la vase poussaient des anémones rouge sombre qui s'ouvraient et se fermaient lentement, telles des bouches. Elles paraissaient mignonnes et accueillantes ; il les contourna et regarda au cœur de l'une d'elles, caressant la chair veloutée de sa gorge. Au pied d'un roseau rampait un bigorneau qui dessinait dans le sable une vague trace. À présent, il apercevait un petit groupe de crabes qui avançaient et reculaient sur la pointe de leurs pinces au gré des doux soubresauts de l'eau ; là, du fretin microscopique l'encerclait, curieux, corps au poids infinitésimal heurtant le sien.

Un nuage voilant le soleil, Justin frissonna. Se relevant, il abandonna l'écosystème miniature et suivit les traces de pas de Peter sur la plage. Au loin, il distinguait son ami qui, de nouveau, longeait la grève. Sur toute la baie, il n'y avait nulle trace d'Agnes. Un trou étincelant et invisible dans les galets l'avait peut-être avalée.

L'adolescent fit une pause pour observer quelques cormorans qui pêchaient du sommet d'un rocher à moitié immergé. Quand il reprit son chemin, Peter avait lui aussi disparu. Gaillard et Justin crurent mettre des heures avant de le retrouver, par hasard, blotti dans un creux abrité entre deux dunes.

Le chien s'affala dans le sable, la tête en biais sur ses pattes avant, et contempla d'un air somnolent Peter qui feuilletait un petit livre usé sur la géologie côtière.

— Salut ! lança-t-il en se poussant pour que Justin puisse s'asseoir. Je lisais justement un passage sur l'ambre de la Baltique. Il semblerait que cette côte en regorge également. D'après ce bouquin, les gens le ramasse depuis des siècles. J'ai eu beau en chercher toute la journée, j'ai fait chou blanc. C'est un drôle de texte. Écoute un peu : « L'ambre de la Baltique, vieux de cinquante millions d'années et plein de feu ; chaud et résistant comme l'amour. » D'un romantisme échevelé, non ? Malheureusement, je n'arrive pas à différencier cette merveille des bêtes cailloux jaunes.

Il déversa une poignée de ces cailloux dans la paume de son ami.

— Observe-les à la lumière, conseilla-t-il ensuite. Si c'est de l'ambre, ils seront transparents.

L'un après l'autre, Justin exposa les pierres au soleil. Ce n'étaient que cela, des pierres.

— Dommage que nous ayons tout mangé. Je meurs de faim.

— Moi aussi. Je vais continuer à chercher de l'ambre. Il nous reste du temps avant de retourner à la voiture.

Se remettant sur ses pieds, Peter s'éloigna, laissant Justin et Gaillard dans le trou. Le soleil avait baissé, mais leur refuge était parfaitement situé et attrapait les restes des rayons faiblissants. Justin s'allongea sur le sable tiède et se mit à rêver d'ambre. La température n'allait pas tarder à chuter. Gaillard se serrait déjà contre lui pour profiter de la chaleur de son corps.

Quelques minutes plus tard, il aperçut Agnes et Peter qui revenaient vers lui. Ils marchaient tout près l'un de l'autre. La jeune femme s'arrêtait parfois pour examiner un coquillage ou prendre une photo du garçon, et Justin fut submergé par une vague de jalousie.

Ainsi, songea-t-il, tel était le but de cette petite sortie. Une occasion de plus de me rappeler que n'importe qui peut me remplacer.

Il se retourna sur le ventre, figure enfoncée dans le sol, et cligna des paupières, ses cils caressant le sable. S'il tournait légèrement la tête, il distinguait Peter et Agnes accroupis près du ressac. Ils riaient. Ils ne regardèrent pas dans sa direction et, au bout de quelques instants, ils sortirent de son champ de vision. Il aurait pu les suivre des yeux, s'interdit de le faire. Gaillard frissonna, porta un regard interrogateur sur son maître.

— D'accord, soupira ce dernier, peu enclin à quitter la sécurité de son abri retranché. Rentrons.

Il marcha sans se presser, ramassant toutes les

pierres jaunes qu'il repérait. La plupart restèrent obstinément opaques une fois projetées à la lumière du soleil ; quelques rares autres montrèrent une certaine translucidité, mais elles étaient lourdes et glacées. Une à une, il les rejeta à la mer. Il aimait le son creux qu'elles émettaient quand elles brisaient la surface des flots.

C'est sûrement un de ces vieux contes, se dit-il. Comme le coup des sirènes qui chantent.

Alors qu'ils atteignaient le bout de la plage, Justin se rapprocha de l'eau, où les galets scintillaient dans les ultimes rayons du soleil. Soudain, sans qu'un signal ou qu'une indication quelconque l'eût laissé pressentir, la plage se mit à étinceler sous l'éclat féroce des pierres. Là où, quelques secondes auparavant, Justin n'avait rien remarqué de particulier, elles brillaient à présent de mille feux et se détachaient du reste des cailloux, pareilles à de petites bouées.

Mains tremblantes, Justin en ramassa une qu'il leva vers le ciel. La forme compliquée de son cœur se révéla aussitôt. Il referma le poing autour de l'antique larme de résine que le ressac avait polie, et que le feu avait allumée. Elle était chaude et légère dans sa paume. Pris d'une brusque excitation, il en ramassa d'autres, jusqu'à ce qu'il détienne douze flammèches incandescentes. Chacune recelait un petit paysage intérieur unique, dans une palette de couleurs qui s'étirait d'un jaune très pâle à un or aux marbrures rougeâtres.

Puis, tout à coup, le soleil se déplaça, et elles s'évanouirent.

Justin écuma la grève, désespéré. En vain. L'astre s'était couché derrière l'horizon, et le rivage était désormais plongé dans l'ombre. Immobile, l'adolescent contempla l'embrasement se dissiper dans le ciel, emportant avec lui les derniers éclats de chaleur.

Gaillard surgit à son côté, et il lui donna sa récolte à flairer. Le chien la renifla avec délicatesse avant de s'en détourner, indifférent.

Un instant, Justin berça sa poignée de pierres tièdes, puis il repartit vers Agnes dans la lumière qui faiblissait.

43

Sur le chemin du retour, ils s'arrêtèrent pour dîner dans un pub, mélange de sombres poutres vernies et de machines à sous aux couleurs pétantes. Ils dénichèrent une table vide et allèrent commander des saucisses-purée au bar. Le modeste chauffage à gaz qui sifflait dans la salle suffisait à dégager assez de chaleur pour les plonger dans la torpeur. Personne n'ayant envie de discuter, ils mangèrent en silence.

— As-tu trouvé de l'ambre ? finit par demander Justin, la bouche pleine de la tarte à la mélasse qu'avait délaissée Agnes.

Peter fouilla dans sa poche.

— Il faudra que je revienne, je crois, répondit-il. J'ai mis la main sur quelque chose qui y ressemble, mais j'ai l'impression que c'est du quartz.

Justin s'empara de la petite pierre jaunâtre que lui montrait son ami. Elle était vaguement transparente, mais froide et pesante. Dénuée de vie. Haussant les épaules, il la lui rendit.

Ils reprirent la route, guère plus bavards. Sans le rugissement de la circulation et la coulée d'air glacé qui lui soufflait dans le cou depuis la fenêtre mal ajustée, Justin aurait même pu s'endormir, la tête de Gaillard sur les genoux. Au lieu de quoi, il se borna à fixer l'obscurité trouée par les feux doubles des voitures qui venaient dans le sens opposé, tout en réfléchissant à l'ambre.

La chaleur, pensa-t-il. La brillance. La transparence. Le timing aussi. Peter lui expliquant quoi chercher.

Une résine vieille de cinquante millions d'années.

Trois minutes d'illumination.

Le soleil juste à la bonne hauteur.

La chance.

Une suite d'événements, combinés pour aboutir à une coïncidence.

À une révélation.

Il aurait pu arpenter cette plage pendant des siècles sans jamais remarquer ses trésors. Son passé et son futur étaient peut-être également cachés quelque part là-bas, sculptés sur un unique galet, une pierre de Rosette qui comporterait la clé de toute son existence. Si ça se trouve, toutes les réponses gisaient, endormies, quelque part, attendant d'être découvertes.

Justin songea aux aléas de sa vie, rassemblés puis dispersés comme une poignée de poussière. Des choses se produisaient et ne se produisaient pas un milliard de fois à la seconde.

Combien d'incidents pour arriver à une coïncidence ?

Combien de coïncidences pour atteindre à la conspiration ?

— Justin ?

C'était Agnes, qui l'appelait doucement, cherchant à rencontrer ses yeux dans le rétroviseur.

— Nous sommes presque arrivés. Peter dort. Pourquoi es-tu rencogné ainsi ?

Il n'avait pas parlé à Agnes de Gaillard, aussi ne lui répondit-il pas, se contentant de froncer les sourcils dans le noir. Il dégourdit ses muscles endoloris du mieux qu'il put sans déranger son chien.

— Je suis vraiment contente que tu sois venu, reprit-elle d'une voix qui invitait à l'intimité, en dépit de la voiture bruyante. Je savais que tu aimerais cet endroit.

Il hocha la tête, bien que, à l'intérieur de lui-même, il se sentît aussi dur et froid que du quartz.

Naturellement que tu le savais. Tu sais tant de choses à mon sujet. Tellement plus que moi. Tu sais ce qui est réel et ce qui ne l'est pas. Ce qui est utile et ce qui ne l'est pas. Ce qui dure et ce qui s'évanouit au bout d'une nuit. Tant de choses que tu sais sur moi.

Agnes se gara devant la maison de Peter, qui se réveilla aussitôt, assourdi par le brusque arrêt du tintamarre mécanique. Tous s'extirpèrent de la voiture et se tinrent, hébétés et un peu gênés, devant la grille.

— Bonne nuit, dit Agnes en embrassant Peter sur la joue.

Justin recula, effrayé à l'idée de humer ses cheveux et de toucher sa peau. Les deux garçons remontèrent l'allée d'un pas raide.

— Justin ! héla la jeune femme. (Il se retourna.) S'il te plaît, Justin, ne m'en veux pas.

Elle le rattrapa, lui prit le bras, l'attira à elle. Il ne broncha pas, et ils se retrouvèrent dans une impasse quelques secondes de trop, incapables d'avancer ou de reculer, jusqu'à ce que l'adolescent finisse par se dégager, tire un bout d'ambre de sa poche et la place sur la paume d'Agnes dont il referma les doigts.

— Tiens, murmura-t-il. De l'ambre.

Chaud et résistant comme l'amour, pensa-t-il, le cœur serré.

Sans lui laisser le temps de réagir, il s'engouffra dans la maison. Agnes resta assise un moment dans sa voiture, la goutte orange dans la main, avant de redémarrer.

Justin et Peter se déshabillèrent à chaque bout de la chambre et éteignirent les lumières sans échanger une parole. Il était encore tôt, mais la longue marche au grand air et dans le vent les avait épuisés.

Peter s'endormit immédiatement et rêva d'une plage jonchée de cailloux étincelants.

Justin regagna la tiédeur et la sécurité de son bassin naturel et y flotta en apesanteur, baigné par le soleil d'hiver, jusqu'à l'aube.

44

Le soir du vernissage d'Agnes, Ivan prit le train de Londres en compagnie d'une clique de clones interchangeables issus du monde de la mode. Il les avait avertis de ne pas s'attendre à des miracles : ce n'était qu'une petite exposition de photos à Luton, ha ! ha ! ha ! Pas de quoi fouetter un chat. Mais Agnes était son amie, la loyauté existait, finalement.

Les Londoniens débarquèrent à Luton comme un troupeau d'oies, cacardant et se pressant en une meute bruyante, picorant nerveusement le spectacle désorientant des faubourgs.

— Mon Dieu, mon Dieu, marmonna Ivan,

sourcil levé, c'est donc à cela que ressemble le Kansas.

Une des stylistes agrippa son bras en tanguant légèrement sur ses talons aiguilles.

— C'est ce qu'on appelle la banlieue, chéri.

— Le gouvernement n'entreprend donc rien pour les sauver ?

— Bien sûr que non ! Ils aiment ça.

— Tu me fais marcher.

La femme haussa les épaules. Puis, après force assurances qu'aucun d'entre eux ne s'éloignerait plus jamais de la sécurité de la capitale, ils s'empilèrent dans un convoi de taxis et gagnèrent la galerie.

Agnes les y accueillit, vêtue d'un courte robe-chasuble en laine bleu ciel pleine de petits trous qui étaient tous somptueusement entoilés de feutre rouge et ourlés de soie noire chirurgicale. Elle était coiffé d'un chapeau de feutre auquel étaient suspendus des sequins de verre et des amulettes en métal. Une écharpe étroite effilochée qui s'achevait sur des gants retombait dans son dos en traînant par terre.

La clique d'Ivan fit la moue devant sa tenue et entreprit de regarder autour d'elle.

Agnes avait sélectionné ses meilleures photos de Justin et les avait agrandies pour former des panneaux de deux mètres sur un. Il y en avait quatre séries de trois, douze portraits de l'adolescent en tout. Six clichés étaient suspendus de chaque côté de la galerie, les silhouettes gigantesques dominant l'espace vide et blanc. Sur le mur du fond étaient accrochés trois panneaux en triptyque, tel un retable. Il s'agissait des prises de vue de la catastrophe qui avait ravagé l'aéroport : fenêtres fondues et membres emmêlés, métal en feu, traits torturés, corps mutilés et Justin, Justin partout. Justin qui souriait face au désastre. Justin perdu, Justin furieux, Justin hagard. Le format vertical permettait d'englober le plancher, les baies vitrées et le plafond du terminal. Chaque photo donnait à la composition une majesté spatiale qui rappelait les tableaux du début de la Renaissance.

Dispersés dans la pièce, des mannequins mous aux têtes dépourvues de visages arboraient les vêtements fabriqués par Agnes. Ils évoquaient des poupées de son en mousseline blanche, portaient des gants de feutre aux couleurs vives innocentes dont les extrémités étaient effilochées, comme si leurs doigts avaient été tranchés. Ils exposaient des chemises de coton aux manches arrachées, des sacs clairs rayés de longs fils de soie rouge surpiqués par Agnes. Pulls et T-shirts étaient perforés, et leurs balafres soigneusement bordées de fil chirurgical et entoilées de tissu rouge.

C'était beau. Et profondément dérangeant.

Justin arriva par le centre commercial, où il s'était arrêté pour acheter un présent à son frère. Il avait failli renoncer à sa quête, puis avait décidé de prendre le mors aux dents et d'affronter les boutiques. Résultat, il avait déniché exactement ce qu'il cherchait. Il avait demandé un papier cadeau, avait été sèchement renvoyé vers la queue qui s'étirait devant le stand dédié aux emballages de Noël, où il avait patienté une demi-heure en compagnie de clients mécontents. Lorsque son tour était enfin venu, la préposée avait jeté un coup d'œil à son chargement et exigé le double du tarif normal.

— La taille n'est pas standard, avait-elle décrété avec une moue dédaigneuse. En plus, la forme est compliquée. D'ailleurs, ça n'entrera pas dans un sac.

L'an prochain, avait songé Justin en tendant ses quatre livres, j'achèterai au môme un tas de briques. Ça te facilitera le boulot.

Ce ne fut qu'après avoir quitté le centre commercial qu'il se rendit compte qu'il allait devoir se trimballer le paquet toute la soirée. Long de plus d'un mètre, recouvert d'un papier décoré de rennes et fermé par un gros nœud vert et argent, il n'allait pas franchement contribuer à le doter de l'allure insouciante et décontractée qu'il avait espéré afficher.

Il retrouva Peter et Dorothea devant la galerie.

Peter s'était arrangé pour cacher le titre de l'exposition écrit sur la vitrine, et une Agnes Bee souriante fendit la foule pour venir à leur rencontre. Elle embrassa Peter, mais Justin recula, et Dorothea se débrouilla pour se donner l'air de quelqu'un qu'on n'embrasse pas. La tension était palpable, dans le petit groupe ; aucun d'eux n'osait vraiment regarder les murs au-delà d'Agnes, ce qui les obligeait du coup à se toiser.

La jeune femme jeta un coup d'œil au paquet de Justin.

— Ne t'inquiète pas, soupira-t-il avec lassitude, c'est pour mon frère. (*Pas une minable tentative pour te récupérer.*) J'imagine qu'il n'y a nul endroit où le ranger ?

Il chercha des yeux un vestiaire et, ce faisant, tomba par hasard sur les douze panneaux gigantesques qui le représentaient.

Très lentement, son regard revint se poser sur Agnes, un regard vide. Puis, encore plus lentement, Justin prit conscience de sa tenue vestimentaire, remarqua l'écharpe effilochée autour de son cou et les minuscules mains tricotées au bout, les petits trous rouges ourlés de fil chirurgical, les délicats éclats de métal et de verre qui étincelaient sur son chapeau. Il découvrit une Agnes en pied, habillée en victime de catastrophe chic et postmoderne, entourée par les portraits de l'amant boudeur et malheureux qu'elle avait rejeté avec mépris, du gamin vierge et désespéré qu'elle avait abandonné et qui se trouvait être également présent en chair et en os, agrippé (comme ça tombait bien !) à une peluche démesurée à l'emballage criard, afin de créer un maximum d'effet dramatique ou, peut-être, comique.

En d'autres termes, lui.

Agnes avait choisi les clichés avec beaucoup de soin, ceux qui le montraient triste, égaré, privé de substance. Elle l'avait exposé dans sa vulnérabilité la plus suppliante, la plus absolue. Il avait l'air irrévocablement pathétique. Un jeune damné, pas de doute. Lorsqu'il avait réfléchi à la malédiction qui l'accablait, Justin n'avait pas songé un instant qu'elle prendrait cette forme, qu'elle serait affichée dans une pièce violemment éclairée et bondée de monde.

Oh, mon Dieu ! se dit-il. À combien de désastres était-il censé survivre ?

— Qu'en penses-tu ? pépia Agnes sur un ton un peu trop allègre.

Il resta immobile. Ne proféra pas un mot. Attentif, Gaillard observait le visage d'Agnes. Dorothea retenait son souffle, et Peter fut obligé de se détourner face à la souffrance qui suintait de son ami, dégoulinant pour former une mare à ses pieds.

— Écoute, Justin, commença la photographe...

Mais à cet instant, quelqu'un l'appela et, visiblement soulagée, elle s'éclipsa.

— Préfères-tu t'en aller ? chuchota Dorothea à l'intention de Justin.

Encore une fois, il ne répondit pas.

— Voyons, maintenant que nous sommes ici, autant jeter un coup d'œil, décida Peter avec ce stoïcisme couvant sous la braise typiquement anglais.

Tandis que la troupe entrait dans la galerie, Justin repéra une robe cousue d'infimes points rouges. Du sang, songea-t-il, horrifié. *Ce truc est éclaboussé de sang.* Frissonnant, il se détourna, pour découvrir une chemise en coton dont l'une des manches manquait, arrachée.

Il se figea – un masque. Un bourdonnement se répandit dans la salle. Dès lors qu'un des invités avait fait le lien entre le garçon en manteau et les photos du garçon en manteau, sa présence attirait l'attention de tout un chacun.

— Il n'est pas mal du tout, murmura quelqu'un. Mais *un peu à côté de ses pompes*, apparemment.

Au contraire, pensa Agnes, il est *parfaitement dans ses pompes*. Peter s'approcha d'elle.

— Tu aurais dû l'avertir.

— Et comment m'y serais-je prise ? riposta-t-elle, sur la défensive, en croisant les bras.

Peter ne dit rien.

— Je l'aime, tu sais, reprit-elle, des intonations irritées dans la voix. Seulement, pas comme il le voudrait, précisa-t-elle après avoir regardé autour d'elle.

C'est donc ça, réfléchit Peter. Justin a farouchement besoin qu'on l'aime, Agnes rejette farouchement le blâme.

Malgré leur dureté, les photos étaient belles. Agnes avait su capturer la nervosité hésitante qui transpirait derrière la peau fine et translucide de Justin. Les clichés le mettaient au jour comme des rayons X, épluchant la chair pour exposer une âme si écorchée qu'elle n'avait pu se révéler que dans la confiance et l'amour. La façon dont il fixait l'objectif était la même que celle dont il fixait Agnes.

Peter s'éloigna, embarrassé, comme s'il avait surpris une scène d'intimité.

Les prises de vue de la catastrophe aérienne apportaient presque un soulagement, avec leur horreur sans ambiguïté. C'était là une espèce de voyeurisme plus confortable. Atroce, aurait-on pu juger. Malsain, douloureux, tragique. Et pourtant, expressif, et ô combien courageux. Peter devait admettre qu'Agnes, en juxtaposant la tragédie et ses victimes, avait créé quelque chose d'étonnamment bouleversant.

Il se retourna vers la salle bondée, cherchant

des visages familiers, aperçut Justin qui se frayait un chemin dans sa direction.

Le triptyque attirait beaucoup de monde. Avant même que l'adolescent ait eu le temps de voir l'ensemble de l'œuvre, son cerveau compléta les morceaux manquants à l'aide de ses souvenirs. Se glissant doucement, et avec insistance, devant les spectateurs, submergé par une émotion qui oscillait entre outrage et frayeur, il comprit tout de suite ce qui l'attendait.

Ces images. Elle n'aurait *jamais* dû...

Quoi ? Les prendre ? Les tirer ? Les exposer ?

Oui.

Il scruta la pièce, traquant Agnes des yeux. Poussant les uns et les autres, il la rejoignit, plaqua sa main autour de son bras et l'extirpa d'un groupe d'acolytes.

— Qu'est-ce que tu avais dans le crâne, Agnes ? s'exclama-t-il, les prunelles brûlantes de rage. C'est horrible. *Tu* es horrible. Qu'as-tu fait ? Tu m'as transformé en espèce de spectacle monstrueux. *Sans même me demander la permission.*

La fureur bouillonnait en lui. Il se sentait prêt à la tuer, à se tuer, à tuer tout le monde.

— Désolée, Justin, j'aurais dû te prévenir en effet. Mais je n'ai fait que sortir quelque chose de tout cela. Rien de plus.

— Des cadavres ? De moi ?

Suivant son regard, elle contempla une veste de tailleur qui avait été lacérée puis grossièrement raccommodée avec de la ficelle.

— Il faut que j'y aille, annonça soudain le garçon. De toute façon, je ne comptais pas rester.

On héla Agnes qui se retourna, laissant Justin tituber à pas lents vers la sortie. En proie à une sensation de chute, il eut le temps, largement le temps, d'éprouver des vagues distinctes de colère et de dégoût.

— Justin ! l'appela Agnes sans beaucoup de conviction.

Elle n'ajouta pas : « Attends ! »

Il ouvrit la porte, et la galerie l'expectora dans la rue.

45

Dehors, baigné par la lueur verdâtre d'un orage d'hiver, Justin voûta les épaules pour se protéger du vent glacial. Dans l'ombre, tirant calmement sur une cigarette, Ivan l'observait, amusé.

Ainsi, Agnes n'avait pas dit au gamin qu'il était la vedette de son petit spectacle ? Tss, tss. Un oubli choquant. Ah ! Justin, mon garçon, on ne tire jamais son coup gratos. Retiens la leçon pour la prochaine fois.

Justin releva la tête, fixa la vitrine. Quel que fût l'endroit où ses yeux se posaient, son reflet le toisait, plus grand que nature, railleur.

Ce n'est pas moi, avait-il envie de hurler. Cette

personne n'est pas *moi*. Il fut submergé par le besoin de se débarrasser du sujet des photos, de détruire l'être hideux et pitoyable en magnifique manteau gris. Il ne ressentait plus d'émotion autre que la rage. Voilà pourquoi, alors que de grosses gouttes glacées se mettaient à tomber qui transformèrent rapidement la chaussée sale en champ de boue, il retira le précieux vêtement et le jeta le plus loin possible. Le cuir atterrit lourdement au milieu de la circulation, au milieu de la pluie mêlée de neige.

— Tirons-nous, ordonna Justin à Gaillard.

Il partit en courant, tête baissée, le cadeau de Noël destiné à son frère collé contre son torse, le col de sa chemise relevé. Aurait-il attendu quelques secondes, il aurait pu voir Ivan plonger au milieu des voitures en jurant comme un charretier afin de récupérer son manteau. Il aurait pu entendre le bruit d'un dérapage et le hurlement des pneus, pu voir le monde tempétueux et indifférent se refermer une ultime fois autour de l'homme, voir le vêtement trempé et son créateur se transformer en l'une de ces misérables galettes sanglantes qu'on découvre au matin sur les routes de campagne.

Mais Justin regardait par terre, et il faisait sombre. Il avait bien du mal à rester droit face aux assauts des aiguilles gelées qui le transperçaient. D'ailleurs, il heurta une femme d'âge moyen qui venait en sens inverse sur le trottoir. Elle marchait vite, la tête et le cou raides, douloureux, prunelles baissées, impatiente de regagner son foyer, son lit. La pluie piquetait son visage, coulait dans ses yeux, un minuscule pourcentage d'eau céleste se mêlant aux fluides contenus de sa conjonctivite.

À l'instant précis de l'impact oblique entre les deux corps, elle cligna des paupières ; conséquemment, une goutte de la muqueuse entourant son œil franchit les quelques centimètres la séparant de la bouche entrouverte de Justin. Rien de plus que le genre d'événements qui se produisent mille fois par jour, dans les trains, dans les ascenseurs, partout où des étrangers plongés dans la promiscuité toussent, éternuent ou se serrent la main.

En elle-même, la rencontre dura environ deux secondes.

Trempé et transi, Justin retrouva son équilibre, marmonna une excuse et continua de courir. Une fois chez Peter, il frotta son chien avec une serviette de toilette, jeta une couverture sur le plancher, posa le cadeau de son frère sur le radiateur pour qu'ils sèche, se déshabilla, se fit couler un bain chaud et s'y plongea jusqu'à ce que ses os fondent, que les bouts de ses doigts se fripent en petites rides blanchâtres, et que l'eau refroidisse. Puis il s'essuya et se glissa au lit sous une pile de plaids, son corps fumant réchauffant les draps froids.

Peter, Dorothea et Anna arrivèrent peu après, et il les entendit chuchoter devant la porte de sa chambre. Ils guettaient un signe indiquant qu'il souhaitait leur compagnie, mais il ne broncha pas, et les murmures finirent par se taire.

Lorsque Justin se réveilla, il perçut, de l'autre côté de la pièce, la respiration régulière de Peter. Il était deux heures du matin à sa montre. Il ne se rendormit pas, perturbé par des images de membres désincarnés et de torses criblés d'éclats de shrapnel, de jambes privées de pieds, de mains sans doigts.

Le souvenir des photos d'Agnes lui donnait la nausée.

Le lendemain matin, il avait la tête lourde et était déprimé. Quand il descendit, les filles étaient déjà réveillées. Elles nourrissaient les chats et parlaient d'Agnes. Prudemment, il demanda à Dorothea son avis sur l'exposition.

— Par certains aspects, c'est un travail extrêmement intelligent, répondit-elle posément. Et ces portraits de toi sont magnifiques, même quand tu es moche. La plupart des gens se ficheront pas mal que tout cela soit également horrible. Ils penseront juste que c'est nouveau, différent, vraiment très original. (Le regard de la fillette ne trahissait nul sentimentalisme.) Mais je ne suis pas très fana de sa façon d'envisager l'amitié, si telle est ta question. Elle t'a très mal traité.

On en resta là. La minute d'après, elle lui préparait une tasse de thé et lui racontait un documentaire sur le léopard des neiges qu'elle et Anna avaient vu à la télévision.

La critique d'Agnes par Dorothea fut une révélation. Elle parlait avec tant de certitude, de manière tellement dépassionnée que l'abominable honte de Justin commença à se dissiper. Le pouvoir d'Agnes n'était pas total ; si peu même, qu'une gamine de onze ans était en mesure de le défier.

Peter entra dans la cuisine.

— Vous avez lu le journal, aujourd'hui ?

Plus tard ce jour-là, Justin repensa à leur conversation et se demanda si l'on pouvait être tué non seulement par des accidents et des explosions extérieurs à soi mais aussi par des bombes enfouies au plus profond de son être, des bombes à retardement dont la pendule s'égrenait en silence dans les boyaux, le foie, le cœur, année après année, des bombes qu'on avait avalées, absorbées, autorisées à se développer.

46

Quelques jours après le vernissage, Agnes téléphona.

— Je suis désolée de ne pas avoir donné signe de vie plus tôt.

Justin ne dit rien.

— Mais avec l'enterrement et l'enquête... Tout, quoi.

Le silence s'étira.

— Justin ?

— Oui ?

— Tu te fous de tout le monde sauf de toi, hein ?

— Parce que tu estimes que *je* devrais pleurer Ivan ?

— Un homme est mort, Justin. C'est une grande perte.

— Pour qui ? Pour toi, peut-être. Pour toi et ta carrière. Tu as perdu ton précieux et hypocrite mentor.

— Ça ne te coûterait rien de faire preuve d'un peu de remords. Après tout...

— Après tout quoi ? C'est moi qui l'ai tué ? Dis-moi un peu, tu en connais beaucoup des génies qui se jettent sous les roues d'une voiture pour sauver un manteau ?

— Justin...

— Et tant que nous en sommes au sujet des remords, parlons un peu de *toi*.

Agnes prit une brusque inspiration.

— Écoute, Justin, je suis vraiment navrée. J'aurais dû t'avertir. J'aurais dû te demander l'autorisation d'utiliser les photos. J'ai été bête, ajouta-t-elle après un moment d'hésitation.

— Malheureusement, tu avais d'autres priorités en tête.

— En l'occurrence, oui. Mais ce n'est pas ça. C'est juste que je ne voulais pas que tu te fasses une fausse idée.

— Genre ?

Agnes tergiversa, lâcha :

— Que je t'utilisais.

— Trop tard.

— S'il te plaît, Justin, ne sois pas comme ça, tremblota la voix de la jeune femme.

— Entendu. Allons au plus simple, alors : indique-moi comment je dois être, et je m'y plierai.

Elle ne pipa mot.

— Oh, railla-t-il, ne me dis pas que je t'ai vexée.

— Justin, reprit-elle en chuchotant, pardonne-moi de t'avoir blessé.

— CE N'EST PAS AUSSI FACILE ! s'emporta-t-il.

— Il m'est impossible de discuter avec toi quand tu es dans cet état.

— Parce que tu crois que je tiens encore beaucoup à converser avec toi ?

— Mais tu m'es encore cher. Je veux savoir ce que tu deviens, comment tu te sens.

— À ton avis ?

— Tu es un peu mécontent, j'imagine.

— Quelle perspicacité !

— Arrête, Justin...

— *Ne me dis pas ce que je dois faire !*

Elle hoqueta.

— Je sais que je me suis mal comportée, mais j'aimerais bien que tu cesses d'être aussi...

— Aussi quoi ? Capricieux ? Infantile ? *Vierge ?*

— Ton comportement rend les choses impossibles à expliquer.

— Ah bon ? Quelle impolitesse de ma part. Je t'en *supplie*, explique-moi.

— Dès l'instant où je crois pouvoir parler à quelqu'un de raisonnable, cela se termine en discussion idiote à propos de...

— Oui ?

— De chiens invisibles, de destin, de trucs face auxquels je ne suis pas à la hauteur.

— Alors *arrête d'essayer* de l'être ! cracha-t-il.

Il y eut un blanc.

— Pourquoi faut-il que nous soyons ennemis ? demanda-t-elle.

— Pourquoi a-t-il fallu que tu estimes être en droit de te servir de ma souffrance pour tes besoins personnels ?

Agnes ne répondit pas.

— Ça t'arrive souvent de coucher avec quelqu'un pour ensuite le larguer, faire comme si rien n'était arrivé, puis utiliser ses pires cauchemars, histoire d'établir ta réputation ?

À propos, pourquoi ne m'aimes-tu plus ?

— Je me suis excusée.

— Oh, pardon. Dans ce cas, tout va bien.

— Et je ne t'ai pas largué. Je n'ai pas fait comme si ça n'avait pas existé.

— Ça ?

— Notre petite partie de jambes en l'air.

— Ainsi, c'était une petite partie de jambes en l'air ? Je suis sûr que tu en as connu de plus grandes, hein ?

— Tu te comportes comme un enfant.

— Coucher avec un enfant, c'est illégal, ça, non ?

— Merde, Justin ! Tu étais où quand ça s'est produit ? Toi aussi, tu l'as bien voulu. Simplement, tu adores rejeter la faute sur moi, n'est-ce pas ? Eh bien, non ! Ce n'est pas ma faute. Je *regrette* d'avoir couché avec toi, et si c'était à refaire, je m'abstiendrais. Là, tu es content ?

Non.

— Écoute, tenta une nouvelle fois Agnes, je ne comprends pas ce que tu attends de moi.

Longtemps, il ne parla pas, et une mare stagnante de silence s'étala entre eux.

— Moi non plus, avoua-t-il enfin.

Menteur.

Tu sais exactement ce que tu attends d'elle. Tu veux qu'elle te dise qu'elle t'aime à la folie, tu veux qu'elle te supplie de lui faire l'amour cinq ou six fois par jour, qu'elle t'implore de vivre avec elle, qu'elle te jure de te rester fidèle jusqu'à la fin de ta vie. C'est tout. C'est ce que tu attends d'elle.

— On en reparlera, Justin.

Il était à court de reparties.

— Transmets mon bonjour à Peter.

Comme il se taisait, elle raccrocha. Quel garçon exaspérant ! Comment peut-il espérer que je l'aime ? Il est impossible à aimer.

Tous deux eurent du mal à s'endormir, cette nuit-là, pensant, chacun de son côté à l'autre, amers et malheureux.

Justin s'assoupit le premier.

47

Lorsqu'une créature commence à émerger de sa chrysalide, il y a un moment où elle n'est ni une chose ni l'autre, où elle n'a pas encore endossé sa nouvelle identité sans pour autant s'être débarrassée de l'ancienne. Ses ailes sont repliées, ses couleurs cachées. Il faut patienter pour savoir si elle sera irisée d'émeraude et de lapis-lazuli ou terne comme de la boue.

C'est ce long moment arrêté qui me fascine vraiment. Cette attente durant laquelle on guette, haletant, que la beauté se dévoile.

48

Plus que quatre jours pour effectuer les courses de Noël.

Plus que six avant son anniversaire.

Justin passa chez lui pour livrer le cadeau de Charlie et récupérer un sac de la part de sa mère : un cake et une boîte de biscuits pour celle de Peter, des présents soigneusement emballés pour son ami, Anna, Dorothea et, naturellement, lui-même.

Sa mère insista pour lui détailler en long, en large et en travers quelle chose revenait à qui, ce qu'elle fit sans jamais le regarder en face. Il sentait les questions tues frétiller désespérément entre eux, tel un poisson dans un sachet plastique. Le sourire attristé qui étirait les lèvres de sa génitrice raviva la mémoire d'une époque où il l'avait aimée d'une passion qui le consumait, des temps où il était impossible de le confier aux soins d'une baby-sitter, où il refusait de dormir dans son berceau, refusait d'accepter le biberon des mains de son père.

Il observa la façon dont elle serrait contre elle son frère, observa la tête du petit garçon posée sur son épaule et sa main placée tendrement sur le bras de leur mère et, fugitivement, se souvint de lui-même enfant, confiant et dépendant, se rappela l'extase de cette communion sans faille. Que n'aurait-il pas donné, à présent, pour un dixième, un centième de cette émotion ! Il la percevait dans les yeux de Charlie, le voyait s'amollir et s'apaiser sous l'effet de la certitude que rien de mal ne pouvait lui arriver tant qu'il était en sécurité dans ces bras.

Quel mensonge, songea Justin avec mélancolie. Aussi gros que celui du Père Noël, sauf qu'il durait plus longtemps. « Nous prendrons soin de toi, affirmait ce mensonge, nous te protégerons des monstres qui vivent sous ton lit, des dragons dans l'armoire, des fantômes, des assassins et des ravisseurs d'enfants. Nous t'apprendrons comment le monde marche, te révélerons les secrets de la vie. » Tous, en effet sauf celui qui permettait de se connaître soi-même, de trouver sa voie, d'accepter la solitude, de survivre à la perte et au rejet, à la déception, à la honte et à la mort.

Son frère voulait descendre, maintenant. Son visage était dirigé sur les lumières clignotantes du sapin, ses bras bougeaient. Il approcha de l'arbre et effleura délicatement chaque minuscule ampoule, bien trop jeune pour saisir les mystères de la naissance du christianisme ou même le Père Noël, mais assez vieux pour attraper les lumignons scintillants dans sa menotte replète et s'interroger sur l'existence de si nombreux et si jolis mystères.

Justin avait fini par apprécier d'être né au moment de Noël, à cause de toutes les raisons pour lesquelles les autres détestaient cela. Cette coïncidence entre anniversaire et fêtes avait permis que les transitions de son existence – de la petite enfance à l'enfance, de l'enfance à l'adolescence – fussent étouffées, aspirées par le trou noir avide et criard de l'institution, l'autorisant ainsi à ignorer les balises de l'existence. Juste un Noël de plus, rien de plus bouleversant ou de plus menaçant que cela.

Il se demanda si avoir seize ans serait différent, de la même manière qu'avoir perdu sa virginité l'était. Il se demanda s'il se sentirait aussi las, s'il se débarrasserait de sa peur et de sa nervosité d'un seul coup. Il était une fois un garçon qui avait envisagé ses seize ans comme un portail vers l'âge adulte. À seize ans, tout allait s'éclaircir.

Comment avait-il pu se leurrer à ce point ? Avoir seize ans ne changerait rien, à moins qu'il ne se fît écraser par un train le jour même de son anniversaire.

Il contempla son frère qui frappait une étoile rose de la main, l'air radieux. Pour qui avait dix-huit mois et de la chance, le monde était un immense cadeau brillant de besoins assouvis et de frayeurs apaisées. Charlie s'approcha de lui et tendit les bras pour qu'on l'embrasse, gazouillant de joie face à toutes ces merveilles : les étoiles, le bisou, la capacité à déclencher l'action. Ces détails suffisaient à insuffler le bonheur.

Relâchant le bébé, Justin alla chercher le grand paquet un peu froissé qu'il avait dissimulé sous l'escalier et le fourra derrière l'arbre, où Charlie ne risquait pas de le remarquer avant le matin de Noël. Puis il rafla les cadeaux de sa mère et s'éclipsa par la porte de derrière.

49

Ce soir-là, quand tout le monde fut couché, Justin tourna en rond. Minuit. Une heure. Deux heures. La plus longue nuit de l'année s'étirait devant lui, sombre et hantée par des fantômes.

Il descendit doucement au rez-de-chaussée afin de voir Alice. Gaillard l'accompagnait sans bruit. Ouvrant la porte de derrière, Justin sortit dehors et alla regarder dans le clapier. Alice dormait dans un tas de paille, mais il bougea et dressa les oreilles à l'arrivée du garçon.

La nuit était froide, la lune à quelques jours d'être pleine. Déverrouillant le portillon, Justin s'empara de la grosse bête docile et la serra contre lui, se réchauffant à sa tiédeur. Il sentait les battements de son cœur contre le sien.

Il resta planté là, attendant qu'une voix surgisse de derrière une haie, s'enfile dans un tuyau d'évacuation des eaux, émerge de la bouche d'Alice. Il ne se produisit rien cependant, si ce n'est les silhouettes des chats en maraude sur le mur du fond, silencieux ce soir-là. Pendant un moment au moins, tout fut paisible. Justin caressa Alice, et le lapin parut content de s'alourdir dans ses bras, d'offrir la chaleur de son corps imposant. Gaillard s'appuya contre la jambe gauche de l'adolescent et, après un doux soupir, se laissa tomber sur le sol, poitrine la première, avant de s'enrouler sur lui-même, somnolent, l'œil à demi fermé.

Si j'étais un lapin, pensa Justin, je pourrais me balader dans le monde, vaquer à mes affaires, manger de l'herbe et dormir. Il n'y aurait pas d'introspection, pas de délires. Il y aurait toujours le désir, mais je pourrais baiser comme un lapin. C'est ce qu'on attendrait de moi.

Il rit.

Fasciné par l'œil renversé et glauque d'Alice, il songea au lièvre du boucher, à moitié écorché, nu, qui avait fredonné son abominable chanson.

Lorsqu'il releva la tête, le monde sembla avoir bougé. La pénombre du jardin de banlieue avait un aspect granuleux, presque monochrome. Le garçon eut l'impression que sa vision était étrange, immense et enveloppante. Tout était plus brillant. Il voyait partout sans avoir besoin de tourner le cou.

Appréhender le ciel et la terre en même temps était réjouissant.

Je suis un lapin, comprit-il avec stupeur. Yeux énormes, vision périphérique à trois cent soixante degrés, perception des couleurs en basse résolution. Un lapin, je suis un lapin ! Comment cela est-il arrivé ?

Regardant droit devant lui, il scruta ciel et terre en même temps. Un oiseau de proie planait au-dessus du jardin voisin. Il eut peur. Et s'il était repéré ? Et ces énormes chats mortels ? Si jamais ils l'apercevaient ? Il était plus gros qu'eux, mais ils lui feraient du mal s'ils en avaient l'occasion. Il en eut la chair de poule. Il flaira un chien. *Où ?* Oh, bon sang ! Gaillard. Ce dernier risquait-il de le prendre pour un vrai lapin et de le mettre en pièces ? Il chercha l'animal allongé à ses pieds, n'en trouva aucune trace.

Un instant ! Qu'est-ce que c'était, ce frémissement là-bas près de la mare ?

Mon Dieu ! Un renard. Un *renard* ! Son cœur se mit à battre la chamade. La renarde de Dorothea ! SAUVE-TOI ! *Oh, mon Dieu, Alice, cours, cours, cours aussi vite que tu peux !!!*

Dans les buissons, la bête se rapprocha. Sa queue fouettait l'air.

Elle me sent ! Elle sait que je suis ici. Où est Gaillard ? Gaillard ? Au pied, Gaillard ! Oh, mon Dieu, COURS !

Dans ses bras, l'animal paniqué se mit à ruer et à se tortiller.

Ne saute pas ! Elle va nous attraper. Elle est affamée. Regarde-la se déplacer. Regarde ses *yeux* ! Elle nous épie.

Alice se libéra. Sa taille ne l'empêchait pas d'être leste. Malheureusement, le goupil fut plus rapide. D'un seul bond vif, il se saisit d'Alice par la peau du cou. Au début, le lapin se liquéfia de terreur, puis il reprit ses sens et se débattit furieusement. Justin tenta de le contourner pour flanquer des coups de pied à la renarde, mais elle esquiva sur la gauche et s'enfuit, entraînant sa proie terrorisée avec elle. Désespéré, Justin attrapa les pattes arrière d'Alice et tira tout en essayant de saisir son ventre de son autre main. Alice couina de douleur.

Levant les yeux, Justin vit Gaillard qui les regardait calmement sur le seuil de la cuisine. Un instant, son regard croisa celui, digne, du chien.

— Au secours ! le supplia Justin. Aide-moi, Gaillard. Aide-nous ! Tu es un chien, merde, nous ne sommes que des lapins !

Soudain, quelque chose l'arrêta. Une question. Une éventualité.

Je ne suis pas un lapin, pensa-t-il. *Je n'en suis pas un.* Lentement, il se détourna de son chien et plongea ses prunelles sur la gueule impassible du renard.

— Je suis la bête alpha, entonna-t-il, le regard étrangement luisant. Méfie-toi de *moi.*

Le goupil se figea.

Les deux adversaires se toisèrent dans un combat muet. Les yeux de Justin étincelaient, éclairés par la fureur retenue envers sa vie récente. Il ouvrit la bouche, émit un grognement. Sourd d'abord, puis de plus en plus sonore et intense. La renarde tourna la tête et recula, relâchant le lapin. Justin tira, lui et Alice tombèrent à la renverse sur les dalles du jardin.

Il se rassit. Alice se trémoussaient encore entre ses bras. Le renard s'était volatilisé.

— Le monde est plein de prédateurs, murmura Justin en caressant l'animal jusqu'à ce qu'il se calme. Et de proies.

Gaillard approcha. Sa queue se balançait légèrement. Dégageant un de ses bras, l'adolescent le prit par le cou.

Et le lion se couchera avec l'agneau[1], songea-

1. Citation (erronée) de la Bible. Isaïe, 11 : 6 : « Le loup habitera avec l'agneau, et la panthère se couchera avec le chevreau ; le veau, le lionceau, et le bétail qu'on engraisse, seront ensemble, et un petit enfant les conduira. »

t-il tandis que Gaillard penchait sa longue tête lisse vers le nez frémissant d'Alice. Lorsque le contact eut lieu, ni le chien ni le lapin ne tressaillirent.

Ils restèrent assis ainsi pendant très longtemps.

Finalement, Justin remit le lapin dans son clapier, verrouilla la porte de derrière et, son chien sur ses talons, retourna dans sa chambre.

Dehors, la renarde frissonna, le regard vide, ses côtes visibles sous sa fourrure miteuse. À la lueur de la lune, il était évident qu'elle mourait de faim.

Justin se glissa dans son lit. Peter ne broncha même pas.

50

Courageux petit lapin !

Puissé-je garder le souvenir exact de toi en cette nuit.

Vivant.

51

Le lendemain matin, Justin s'éveilla avec un fort mal de tête.

Il prit deux aspirines.

Ça va passer, se rassura-t-il. Le temps, sûrement.

Le temps était en effet lourd et humide ; l'atmosphère était teintée de ce pressentiment déplaisant que seul un orage saurait dissiper.

Il parvint à tenir pendant les cours de maths, de géographie et d'anglais, mais, à ce moment-là, la douleur qui naissait à la base de sa nuque avait établi des succursales dans ses tempes, au sommet de son crâne et derrière ses yeux. Il testa sa souffrance, tournant la tête de droite à gauche, essayant de tâter du bout des doigts les battements lancinants, cherchant un remède dans la pression, la position, le mouvement.

À l'heure du déjeuner, il avait trop mal pour manger. Il se déplaçait avec raideur afin d'éviter tout geste inutile de son cou et de ses épaules.

Il avait entraînement à la fin de la journée ; le dernier avant les vacances de Noël. Par habitude, il se rendit au stade, dans un état de transe. Gaillard marchait dans ses jambes, et il s'appuya sur le dos de l'animal pour ne pas tomber.

En le voyant, Peter eut un sourire ravi. Justin le salua de la tête, déclenchant une telle vague de douleur qu'il dut se rattraper à la rambarde en bois des tribunes pour ne pas s'écrouler. Il se concentra, répartissant la charge de son poids de manière égale sur ses pieds, serrant les dents et gémissant doucement sous l'effort.

La migraine, se dit-il. Ce doit être cela, avoir la migraine. Il sentait l'odeur fétide du sang noir, collant et infect qui emplissait des puits immondes sous sa peau. La lumière blessait ses yeux. Quand il les fermait, des larmes suintaient de sous ses paupières : boueuses, sombres, corrompues. Un médecin accepterait-il de perforer des trous dans son crâne, d'y installer un shunt afin d'aspirer les êtres monstrueux (chauves-souris noires et dentelées, griffons ailés aux voix perçantes) qui pullulaient dedans ? Ils se nourrissaient sur la bête, plongeant leurs gueules avides dans des magmas gélatineux jaunes et sucrés.

— HÉ ! CASE ! T'ES AUSSI SOURD QUE CON OU QUOI ?

Apparemment, l'entraîneur essayait d'attirer son attention depuis un moment.

Rassemblant toutes ses forces, Justin se traîna jusqu'à la piste. D'ordinaire, il ne répugnait pas à la souffrance ; cette dernière avait tendance à disparaître pour peu qu'on continue à courir ou, du moins, on l'oubliait au milieu de milliers d'autres, plus familières. Celle-ci s'en irait peut-être, elle aussi. Peut-être allait-il arriver à décoller des starting-blocks, à voler comme un faucon, à la semer. Du coin de l'œil – l'usage de sa vision périphérique déclencha la torsion d'un fin talon aiguille d'acier derrière son orbite – il eut l'impression que Peter le dévisageait d'un air bizarre.

Il entendit Gaillard pousser un long hurlement aigu et atroce qui l'effraya au point qu'il en claqua des dents.

Puis il s'accroupit, baissa la tête et, à en juger par la déflagration qui se produisait en bas de sa nuque, en déduisit qu'il avait été frappé par la foudre. Il tomba à genoux sous la force de l'impact, roula sur le flanc, dents serrées, membres tressaillant sous les efforts qu'il fournissait pour rester en vie. Il eut l'impression que son estomac était arraché à son abdomen par une griffe immense et mauvaise qui s'acharnait à serrer l'organe sanguinolent jusqu'à ce que la bile jaillisse à sa bouche.

Espèce de salaud, pensa-t-il. Espèce d'enfant de salaud.

Même l'entraîneur hésita.

— Tu tiens une sacrée gueule de bois, Case. Qu'est-ce qu'il y a ? Tu as trop ingurgité de bibine hier soir ?

L'homme paraissait nerveux, ce qui ne lui ressemblait pas.

— Prince ! beugla-t-il. Ramène-toi et aide-le à se relever. Ensuite, tu me donneras les détails tragiques, histoire de me faire pleurer un bon coup.

Peter l'avait devancé auprès de Justin, cependant.

Le reste de l'équipe observait un silence ébahi. Peter s'agenouilla près de son ami qui frissonnait violemment. Il le couvrit de sa veste, essuya le vomi à ses lèvres, regarda les visages qui se penchaient sur eux, et dit d'une voix douce empreinte d'une autorité inhabituelle :

— Appelez une ambulance. (Il s'exprimait clairement, de façon à ce que les autres saisissent bien la portée de ses mots et de leur signification). Et dites-leur de se dépêcher.

52

On estime à vingt-cinq pour cent la population des jeunes adultes porteurs de la bactérie responsable de la méningite à méningocoque sans cependant en déclarer les symptômes. Parmi ces vingt-cinq pour cent, moins de trois sur cent mille ont des risques de développer une réelle inflammation des méninges, la fragile membrane qui enveloppe le cerveau. Un échange direct de fluides corporels avec une personne atteinte est le moyen le plus sûr de contracter la maladie.

Bref, il faut pas mal de malchance pour attraper une méningite.

Les premiers signes sont suffisamment banals

pour rendre difficile tout diagnostic. Les symptômes – fièvre, maux de tête et nausées, parfois accompagnés d'une raideur dans la nuque – sont faciles à confondre avec ceux d'un rhume ou d'une grippe. Toutefois, dans un délai compris entre quelques heures et quelques jours, l'infection de la moelle épinière et des fluides entourant le cerveau provoque une nouvelle série d'indices.

À ce stade, il arrive que la paume des mains, la plante des pieds et le torse présentent une rougeur qui ne disparaît pas lorsqu'on appuie dessus. De même une sensibilité extrême à la lumière peut se manifester. Confusion mentale, vomissements, forte fièvre sont autant d'indications d'une septicémie, autrement dit d'un empoisonnement du sang systémique.

Hélas, le temps que le premier crétin un peu observateur ait reconnu ces symptômes, les heures du malade sont déjà comptées.

Les médecins qui débarquèrent dix minutes après la perte de connaissance de Justin diagnostiquèrent sans hésiter une méningite d'origine bactérienne, ce qui signifiait qu'il risquait à tout instant lésions cérébrales et mort. Sans le déplacer, ils insérèrent une aiguille dans la veine céphalique de son bras droit et la relièrent à une poche d'ampicilline et de chloramphécinol, puis ils se préparèrent à le transporter à l'hôpital.

Après un coup d'œil au vomi qui souillait les

mains et les vêtements de Peter, ils décidèrent de l'emmener aussi pour un traitement préventif. Ils ordonnèrent à l'entraîneur de dresser la liste des membres de l'équipe et de la remettre à l'inspecteur sanitaire qui le contacterait dans l'heure.

Ils prévinrent les urgences de la condition du malade, puis hissèrent un Justin inconscient sur une civière, fourrèrent cette dernière dans la camionnette, claquèrent les portières et déguerpirent, toutes sirènes hurlantes. Les événements, de l'évanouissement de Justin au moment où l'ambulance disparaissait, avaient duré moins de vingt minutes.

Les garçons qui s'entraînaient avec lui avaient les yeux vrillés sur la rue où le véhicule avait filé. Ils n'auraient pas été moins hébétés si une soucoupe volante avait atterri sur le stade et décollé de nouveau après avoir enlevé l'un d'eux. Aucun d'eux ne savait comment réagir. Même l'entraîneur en avait le sifflet coupé.

À l'hôpital, Peter appela sa mère, laquelle téléphona aux parents de Justin. Dans l'heure qui suivait, tous étaient rassemblés aux urgences.

Du côté des pistes, les garçons s'éloignèrent, qui seul, qui à deux. L'entraîneur resta planté sur place plus de temps que nécessaire, le regard figé sur le sol, là où Justin s'était effondré.

Merde, pensa-t-il. Ma seule chance pour les

championnats départementaux de l'an prochain, et le môme calanche.

Ce foutu destin avait décidément un sens de l'humour bien particulier.

53

Dans une chambre obscurcie, parfaitement immobile sur des draps blancs amidonnés, son corps fiévreux recouvert d'une couverture en coton tissé, un goutte-à-goutte planté dans chaque bras, Justin resta en quarantaine sans avoir la force ni le désir de bouger.

Seuls ses parents étaient autorisés à lui rendre visite. Affublés d'une blouse et d'un masque, ils se relayaient à son chevet, silencieux, lisant un livre ou un journal, réagissant parfois lorsqu'il s'agitait, saluant les infirmières et les aides-soignantes taciturnes qui venaient vérifier tous les quarts d'heure sa pression sanguine et sa température, conversant à voix basse avec les médecins, recevant des explications et des paroles prudemment rassurantes avec des expressions d'espoir reconnaissantes.

Justin flottait dans un fantastique bain amniotique de médicaments, de lumière basse et de confusion mentale. Un cathéter se chargeait de vidanger sa vessie. Il n'éprouvait nulle souffrance, nul intérêt à se lever, nulle faim, nulle soif, nul désir physique d'aucune sorte. Il n'avait aucun moyen de savoir quel jour on était, ce qui lui arrivait, le temps qu'il faisait dehors, les noms de ses infirmières, où il se trouvait, s'il se rétablirait ou non. Il s'en fichait d'ailleurs. Il était dans le noir, au calme, et il désirait continuer à confortablement dériver dans les limbes, pour les siècles des siècles, amen.

Il détestait qu'on le dérange pour lui demander de faire telle ou telle chose. Serre les doigts, lui ordonnait une voix. Bouge les orteils. Comment t'appelles-tu ? David, c'est ta mère. Tu m'entends, chéri ? C'est ça, c'est bien, mon garçon, nous allons juste te rouler sur le côté pour... Il a ouvert un œil ? David, peux-tu ouvrir les yeux ? Il est écrit ici qu'il s'appelle Justin. Il a une préférence pour un prénom ? Justin ? Tu m'entends, Justin ? Peux-tu soulever ta main droite, Justin ? Rien qu'un doigt ? Voudrais-tu bien cligner des paupières pour moi, David ? Quand tu entends ma voix. Veux-tu bien réessayer, s'il te plaît ?

Je vous en prie, arrêtez ça. Si vous cessiez de m'ennuyer, je serais heureux. Je ne veux pas aller mieux. Je ne veux pas aller plus mal non plus. Je veux juste rester ainsi, à planer doucement dans une animation suspendue, dans le noir, dans un noir agréable, sain et sauf, mutique.

Ne vous inquiétez pas. Il est bien ici.

Je suis ici en effet, songeait Justin. J'y suis et j'y reste. Alors, cassez-vous et laissez-moi tranquille. Laissez-moi ici pendant des mois. Laissez-moi ici pour toujours. Laissez-moi reposer en paix à jamais.

Parfois, naviguant entre conscience et inconscience, il se demandait s'il survivrait. S'il était nécessaire qu'il survive. S'il pouvait tout simplement mourir et continuer à éprouver cette extase à l'infini.

Ce fut alors que cette pensée lui traversait l'esprit qu'il perçut la voix.

Ignore-les, Justin Case. Tu sens combien il est agréable de s'éloigner ? Laisse tomber ton corps, Justin Case, lâche prise.

L'adolescent se pâma de soulagement à l'écoute des douces intonations. Le ton était à la fois autoritaire et gentil, grave et apaisant. Il lui donnait envie de dormir, lui donnait l'impression d'être de nouveau un enfant en sécurité dans les bras de sa mère. Il le soulevait tendrement et le déposait dans une mer chaude et porteuse, turquoise et paisible, où il n'avait d'autre responsabilité que de flotter.

Dors, Justin Case, je réfléchis à ta place.

Les autres voix, celles qu'il haïssait, le dérangeaient avec leurs exigences. Fais cela, serre ceci, peux-tu t'asseoir/ouvrir les yeux/bouger les orteils ?

Ne t'occupe pas d'elles, tu m'appartiens, à présent. Plonge entre mes bras. Autorise-toi à être heureux. Vois-tu la façon dont je te berce doucement pour t'endormir ? Là, là, Justin Case. Lâche prise.

Il semblait qu'on s'agitait plus autour de lui, à présent. Il perçut les bruits de pas feutrés des infirmières, une annonce officielle qui réclamait ses parents. Un homme se pencha sur lui, lui demandant de réagir, le rudoyant, criant son nom. Rassemblant les dernières forces qui lui restaient, il secoua la tête, se débarrassa d'eux.

Allez-vous en ! voulait-il hurler. *Fichez-moi la paix !* Il n'était pas en état de parler, mais parvint à émettre un gargouillement. Il voulut protéger son visage de sa main, découvrit qu'il avait oublié comment commander à ses membres. Un instant régna le silence. Les mains lisses des soignantes réapparurent, une piqûre dans son bras, puis, longtemps, plus rien, rien si ce n'est la douce, douce obscurité et le silence épatant auquel il aspirait.

Lorsqu'il fut de nouveau capable de remarquer quelque chose, ce fut pour constater qu'il n'y avait plus de voix, et que la pénombre merveilleusement apaisante avait disparu. Il avait mal partout, et son cœur semblait battre trop vite. Il se mit à pleurer, les larmes salées dégoulinant en un flot continu du coin de ses yeux.

Ne pleure pas, mon cher garçon, je suis là.

54

Tant que Justin resta sans réagir (personne à l'hôpital n'utilisa le mot « coma »), il fut rarement seul. Ses parents se succédaient auprès de lui. Quand ils s'en allaient, une infirmière s'en occupait. Peter avait été soigné et libéré ; Dorothea et Anna l'accompagnèrent au service de réanimation mais ne furent pas autorisées à entrer dans la chambre de Justin, par crainte de la contagion. Les fillettes accrochèrent des dessins d'Alice dans le bureau des infirmières et collèrent des cartes lui souhaitant un prompt rétablissement sur les vitres en verre fumé de sa chambre. Celles d'Anna, gribouillées sous l'emprise de la frustration, disaient : VA-MIEUX ET DEPECHE en grandes lettres noires rageuses.

Dorothea comprenait ce qu'elle ressentait. Aujourd'hui, elle avait apporté une peinture : Justin avec Gaillard et Alice. Il était allongé dans l'espace, des étoiles argentées décoraient un ciel noir. À sa droite, sur l'herbe, se trouvait le chien, de profil, magnifiquement rendu dans diverses nuances de gris, la sagesse douce de son regard sombre exprimée de manière parfaite. À sa gauche, Alice était presque aussi gros que Gaillard, et ses grands yeux impassibles se détachaient sur sa fourrure blanche. C'était le portrait extraordinaire de trois amis.

Avec leurs cartes, Anna et Dorothea couvrirent le maximum de surface vitrée à leur portée. Ni l'une ni l'autre n'appréciaient de voir Justin inerte, transpercé par les flèches terrifiantes des aiguilles et des tuyaux.

— Ce n'est pas lui, ne cessait de répéter Anna.

Dorothea en convint. Ce corps immobile était bien trop silencieux et dénué d'énergie, de nervosité. Elle se demanda si une personne inconsciente était en mesure d'éprouver de l'anxiété.

Les parents de Justin alternaient les tours de garde auprès de leur fils. Sa mère restait aussi longtemps que son plus jeune enfant le lui permettait. Elle avait une mine affreuse. « Je l'ai négligé », serinait-elle à Peter, le visage empreint d'une angoisse absolue. « Je ne savais pas quoi faire pour lui. »

Pendant ce temps, Charlie tirait sur sa manche avec insistance.

J'aimerais bien voir mon frère, disait-il. J'aimerais lui faire part de ma version de l'histoire, des aspects qu'il a connus et oubliés. Je voudrais lui conseiller de ne plus penser aux grands problèmes effrayants et de se concentrer sur ceux dont il a le contrôle, comme la quantité de lait dont il a envie ou s'il est nécessaire de consulter tel ou tel livre. La vie est plus simple quand on la découpe en petits segments, en désirs et besoins sans importance qu'il est possible de satisfaire sur l'instant.

— Veux lait, décréta-t-il à voix haute.

Sa mère pêcha le biberon dans son sac, et l'enfant s'en empara en souriant à Peter.

Tu comprends ?

Peter acquiesça.

Après quelques hésitations, Peter avait joint Agnes et, plus tard ce soir-là, elle arriva à l'hôpital.

— Comment va-t-il ? s'enquit-elle auprès d'une infirmière de nuit.

La femme secoua la tête.

— Votre ami ne veut pas se réveiller, chérie. Je n'ai jamais vu pareil entêté. Il ne fait que dormir et, juste au moment où tout le monde pense qu'il commence à aller mieux, il replonge dans le sommeil. Je commence à croire qu'il n'a pas envie de reprendre conscience.

Ouais, rien de très étonnant là-dedans, hein ? songea Agnes avant d'étouffer ces pensées peu charitables, assaillie par la culpabilité.

Cela n'avait peut-être rien à voir avec la volonté. Il n'était peut-être pas en état de se réveiller, quand bien même le souhaitait-il. Elle tapota sur la vitre de la chambre de Justin. Sa mère était partie, remplacée par son père, qui lisait le journal du soir à la lumière d'une torche miniature, louchant sur l'histoire d'un créateur de mode londonien qui avait été écrasé à Luton, en pleine tempête, alors qu'il essayait de sauver une chèvre. L'homme leva les yeux sur Agnes et esquissa un salut du bras tout en lui adressant un demi-sourire las. La jeune femme lui rendit son salut en se disant qu'il était amusant, plongé ainsi dans la flaque de lumière qui ne lui permettait de saisir que quelques mots à la fois. Lisait-il vraiment ou tuait-il le temps ?

Elle remarqua qu'il ne touchait pas son fils. Sa mère en revanche avait agrippé sa main, chuchotant des excuses et des promesses, l'exhortant à lui signaler qu'il avait deviné sa présence. Je t'en prie, David. Agnes avait vu ses lèvres bouger. Je t'en supplie, réveille-toi.

Plus Agnes l'observait, plus elle était certaine que l'infirmière avait raison. Il se sentait mieux là où il était. Pauvre Justin. Incapable de comprendre le principe de base, à savoir que ces gens étaient son destin. Tous : Peter, Dorothea et Anna, ses parents et son frère, les médecins et les infirmières. Même l'entraîneur, ses professeurs et ses camarades de classe. Il n'était pas plus en mesure de leur échapper qu'il ne l'était de s'échapper à lui-même. À moins qu'il décide de ne pas reprendre conscience. Alors, le sort aurait bien le dernier mot.

— Justin ? murmura-t-elle en s'appuyant contre le carreau. Ne déconne pas, Justin.

Ce n'est pas comme si elle t'aimait ni rien, elle te l'a déjà dit.

La ferme.

J'ai raison, pourtant, non ? Elle a été très claire.

La ferme.

Un peu de cran, Justin. Combien de temps crois-tu qu'il leur faudra pour se remettre, quand tu seras mort ?

Comment ça *quand* ?

Pardon ?

Tu as dit « quand tu seras mort ».

Tu te rends sûrement compte que ce n'est qu'une question de temps ? Pour toi, c'est presque fini, Justin Case.

Une espèce de révulsion s'empara de lui en entendant la voix évoquer sa mort avec une telle assurance tranquille. Ses yeux s'ouvrirent brièvement, mais son père s'était endormi, et Agnes tournait le dos à la vitre.

Il les referma.

55

Ils se résolurent à le transférer à Londres.

Ce fut l'hôpital de Luton qui prit cette décision, peu désireux d'avoir la patate chaude entre les mains quand la musique s'arrêterait. Quel établissement hospitalier un peu sensé souhaite occuper la une de journaux annonçant la mort d'un adolescent, suite à une méningite ?

De plus, ils ne savaient pas quoi faire de lui tant qu'il vivait.

La souche de l'infection de Justin avait été identifiée et soignée ; désormais, les visites étaient permises. Tous les vecteurs médicaux indiquaient qu'il aurait dû s'éveiller depuis des heures, si ce n'est des jours. Son activité cérébrale semblait bonne. Les médecins se disputaient sur son cas lors des réunions de travail. Ils avaient peut-être manqué quelque chose, mais une nouvelle batterie de tests ne révéla rien. Il semblait prudent de l'envoyer à Londres, et de les laisser se dépatouiller. Qu'il meure sous leur surveillance.

Comme s'il était au fond d'un ténébreux puits noir, Justin sentit qu'on le soulevait et le transférait dans une ambulance. Les légers tangages du véhicule le ravirent, de même que leur lente progression sur l'autoroute. Alors qu'ils approchaient de la capitale, il eut l'impression que la ville l'enveloppait de son bourdonnement intense. Sa clameur joyeuse se fracassa sur l'ambulance comme de la grêle.

L'hôpital lui réserva d'autres bruits : voix étouffées, cliquetis des chariots, stridulations des sonnettes d'appel – tout cela affiné pour donner quelque chose de neutre et de rassurant, un babillage doux et plaisant comme le son de l'eau sur les pierres.

Les voix ne le dérangeaient qu'occasionnellement. C'était sa mère la pire, toujours prête à lui arracher une réponse. Cela semblait avoir une trop grande signification, pour elle. Pourquoi était-elle incapable de lui fiche la paix, ne voyait-elle donc pas à quel point il était heureux ? Il n'avait pas envie de sortir jouer.

Justin.

À nouveau la voix. L'écouter était douloureux, et il replongea dans la tiède somnolence de la mer turquoise.

Justin ?

Va-t'en.

Tu m'as l'air plus animé, aujourd'hui. Et si tu écoutais l'offre spéciale que j'ai à te proposer ? Plus qu'un jour : nuages, portes gris perle, vestales, musique douce, bonheur éternel.

La-la-la-la-la. Je ne t'écoute pas.

Tu ne m'auras pas. Je perçois tes pensées.

Qui es-tu ?

C'est déjà mieux.

Je t'ai posé une question.

Tu sais très bien qui je suis. Je suis la source de tous tes malheurs et de toutes tes joies, ton chorégraphe, ton maître des cérémonies. Je t'ai propulsé dans et hors du danger, mais j'ai bien

peur à présent que nous soyons à court de divertissements. Il est temps de terminer le boulot.

Je n'ai pas envie d'être terminé et je ne suis pas un boulot.

Mettre la clé sous la porte n'a rien de mal, non ? Si ça se trouve, tu vas apprécier que la fin arrive.

Par « fin », j'imagine que tu veux dire ma mort ?

Tu n'es donc pas curieux ?

Non

Tu prends peut-être trop de plaisir à ton état actuel.

J'ai connu pire.

C'est certain.

À qui la faute ?

Voilà une question intéressante. À qui la faute en effet ?

Laisse-moi deviner.

Moi, je dessine une trame grossière, Justin. Les détails relèvent de ta responsabilité.

Une trame grossière, hein ? Comme d'envoyer un DC-10 s'écraser exactement à l'endroit où je suis censé me tenir ?

Oui. Tu t'en es admirablement bien sorti, d'ailleurs.

Vraiment ? Me voici donc propulsé au rang d'admirable épave délirante ?

Parfois ça merde, comme disent ces grossiers d'Américains. Qu'en est-il de toutes les choses sympa que j'ai faites pour toi ?

Comme ?

Comme Peter et Dorothea. Où serais-tu, sans eux ?

Parce que c'est toi, ça ?

Façon de parler. Disons seulement que certaines relations ne se seraient pas nouées si tu ne t'étais pas trouvé dans cette difficile situation.

Sacré échange. Je ne te remercierai jamais assez.

Et Agnes ?

Oui ?

Elle a plutôt assuré, lors de ton rite de passage.

Assuré pour qui ? Ç'a été nul.

Je vois. En résumé, les bonnes choses sont de ta seule responsabilité, les mauvaises de la mienne, hein ?

J'en ai bien l'impression.

Et moi, j'ai l'impression que tu ne me comprends pas du tout.

Je te renvoie le compliment. Je vais dormir, maintenant.

Tu dors déjà. Avant de partir, quand même, j'ai besoin que tu me signes un petit formulaire. Aucun danger, tu ne paies rien d'avance, et si tu n'obtiens pas entière satisfaction...

Oui ?

Ne t'inquiète pas, ça n'arrivera pas.

Justin ?

Justin ?

Fais de beaux rêves.

56

La veille de Noël, Justin fut placé dans une chambre à plusieurs. Dans l'espoir que l'activité ambiante l'encouragerait à reprendre conscience. Peter et Dorothea débarquèrent du train en milieu d'après-midi et, par des rues grises et sales, couvrirent les dix minutes de chemin qui séparaient la gare de l'hôpital. Autour d'eux, les gens vaquaient précipitamment à des courses de dernière minute, ronchons, rendus hargneux par les exigences des fêtes.

À l'hôpital, le talent de Peter pour l'invisibilité se révéla plus utile que jamais. Il avait l'art de se glisser sans bruit pour rejoindre son ami, alors que tout le monde était rentré chez soi, était parti déjeuner ou avait fui l'ennui. Parfois, il apportait un livre. D'autres fois, il se bornait à fixer le vide en méditant ou parlait doucement à Justin, voire à lui-même.

Il s'interrogeait sur Gaillard, le cherchait tous les soirs en retournant à Luton. Dorothea ne l'avait pas aperçu, elle non plus.

— Ton chien a de nouveau disparu, Justin. Je ne t'annonce pas cela pour que tu t'inquiètes. C'est juste que j'ai le sentiment qu'il a besoin de toi pour exister. Il a besoin que tu sois conscient. (Peter s'interrompit un instant.) Je regrette que tu ne puisses pas voir le portrait de toi qu'a dessiné Dorothea. Toi, Gaillard et Alice êtes représentés comme une sorte de sainte famille séculaire. C'est un très beau dessin.

Plus tard, il murmura à son ami :

— Essaye de te rappeler ce que je t'ai raconté au sujet de la mauvaise science, Justin. Tâche d'être prudent.

Dorothea surgit, tenant deux tasses de thé qu'elle avait préparées à la cuisine de l'étage. Elle en tendit une à son frère puis s'assit, le visage assombri par l'agacement.

— Il n'a pas l'air différent, commenta-t-elle.

— Il est peut-être en train de réfléchir à tout ça, répondit Peter en acquiesçant.

— Tout *quoi* ?

— Qui sait ? À la vie et à la mort, sans doute. À lui.

— Ce n'est pas l'endroit où réfléchir. S'il continue à se comporter ainsi, ils le fourgueront à la morgue. Et il ne l'aura pas volé.

Peter observa sa sœur, ses yeux chargés de reproches, le pli grognon de ses lèvres.

— Oui, admit-il.

Se levant, il la quitta pour aller téléphoner à leur mère. Dorothea se dépêcha de prendre la chaise placée à côté du lit de Justin. Elle n'aimait pas le regarder. Elle n'aimait pas le voir ainsi, le visage dénué de couleurs, la bouche molle. Elle s'efforça de rassembler la sympathie et la compassion nécessaires, mais plus les minutes s'écoulaient, plus la colère l'emportait, chez elle.

— Justin ? demanda-t-elle en lui secouant l'épaule, pas très tendrement d'ailleurs. Arrête de ne penser qu'à toi, ça nous changera. La réponse n'est pas dans ta tête, elle est ici, au milieu de nous.

Dorothea ?

Elle se tut.

Dorothea ?

— Que suis-je censée faire, moi ? reprit-elle. Pas question de rester assise ici à me montrer guimauve tout en essayant de te convaincre que tu n'es pas mort. C'est trop facile. Et lâche. Tu vaux mieux que ça. Enfin, je le pensais.

S'il te plaît, ne t'en va pas.

— Tu ne songes même pas à nous, à ce que nous pouvons ressentir. Nous avons besoin de toi vivant, ton chien a besoin de toi vivant, tu as un frère. Ta famille est désespérée, et c'est ta faute.

Dorothea s'interrompit, rageuse, quand un médecin arriva dans la chambre pour sa tournée. Bondissant sur ses pieds, elle se pencha tout près du garçon.

— Puisque tu tiens tant que ça à être mort, fulmina-t-elle, alors meurs ! Mais ne compte pas sur moi pour pleurer à ton enterrement.

Tournant les talons, elle sortit à grands pas.

57

La famille de Justin célébra Noël dans la chambre d'un hôtel proche de l'hôpital. Ce fut une cérémonie organisée à la hâte, qui impliqua l'achat en dernière minute d'un sapin en plastique et le transport depuis Luton d'une boîte pleine de cadeaux. Charlie déballa chacun d'eux avec une lenteur délibérée, gardant le plus gros, celui au papier couvert de rennes, pour la fin.

La cafétéria de l'hôpital fournit un menu de fête composé de dinde ou de jambon, de sauce aux airelles ou à la mie de pain, de choux de Bruxelles ou de petits pois, de farce aux noisettes ou à la sauge et de gâteau de Noël au brandy ou à la crème. Une assistance composée de parents et de malades, d'étudiants et d'infirmières, de femmes de salle et de médecins pas assez anciens dans le métier pour réclamer un congé poussait ses plateaux dans la salle basse de plafond et décorée de guirlandes.

Charlie attira une attention disproportionnée, d'une part parce qu'il était le seul enfant présent, d'autre part à cause du chien en peluche énorme qu'il trimballait sous son bras. Ses parents l'autorisèrent à aller d'une table à l'autre, sachant que quelqu'un finirait par le leur ramener. Il profita de sa liberté, acceptant des mots gentils et des friandises d'un peu tout le monde, puis s'aventura dans l'exploration des cuisines, des toilettes, des placards à provisions et, finalement, des chambres, où il reçut gracieusement des chocolats de la part de malades qui s'ennuyaient ferme et de grands-parents, dont la plupart furent ravis de fêter Noël en le nourrissant le bonbons et en tenant des conversations qui se réduisaient surtout à des monologues.

L'estomac rempli, le petit garçon s'engagea d'un pas mal assuré dans le couloir afin de dénicher son frère. Il n'avait encore jamais eu le droit de le voir seul, et il était bien décidé à ce que cela arrivât ce jour-là. Il voulait le remercier pour le magnifique lévrier et avait également des choses d'importance à lui confier.

Il lui fallut un moment pour s'orienter dans le labyrinthe de salles, mais il finit par remarquer un point de repère familier, puis un deuxième, un troisième. Il les suivit rapidement, tanguant d'un côté et de l'autre.

— Il dort, c'est tout, lui avait révélé sa mère. Un gros dodo.

Sauf que le petit s'était dit : personne ne dort le jour de Noël. Il resta un moment à contempler Justin, puis appuya sa bouche toute collante contre sa joue. Il se tint là pendant longtemps, soufflant sa douce respiration d'enfant dans l'oreille de son frère, exhalant aussi, lentement, soigneusement, les pensées qu'il avait eues cette dernière semaine.

J'aime être à Londres, chuchota-t-il. J'aime les gros bus rouges et le lit moelleux de l'hôtel et la grande fenêtre par laquelle je peux regarder mais je n'aime pas l'hôpital parce que tout le monde a l'air malade et triste et surtout je n'aime pas que tu sois allongé comme si tu étais mort.

Le pied de Justin frémit.

Je suis désolé d'avoir déclenché cette histoire en essayant de voler et je ne le referais pas si c'était possible sauf que je ne peux pas. Alors s'il te plaît essaye de penser de mon point de vue : si tu meurs j'aurai un frère mort et ce sera moi qui souffrirai au lieu de toi.

Justin repensa à Charlie en cette chaude journée d'été, debout sur la fenêtre, tenant dans ses bras tendus leur futur à tous deux, léger et instable comme l'air.

Naturellement, médita-t-il, je fais partie de son destin comme il fait partie du mien. Je n'avais pas envisagé les choses de son point de vue. Ni de celui de l'univers, d'ailleurs. Qui n'est qu'une aire de jeux bourrée de causes et d'effets, débordant de milliards de dominos qui se renversent les uns les autres, démarrant des milliards et des milliards d'actions toutes les secondes. Un papillon bat des ailes en Afrique, et mon frère croit qu'il est capable de voler à Luton.

L'enfant hocha la tête. Un piano peut te tomber sur le crâne, dit-il, mais il peut aussi ne pas le faire. Entre-temps, on n'est jamais sûr de rien. Il peut aussi se passer quelque chose de bien.

Il posa sa main chaude sur celle, froide et immobile, de son aîné. Je m'en vais, ajouta-t-il. Ils ne vont pas tarder à me chercher. Mais je te laisse mon chien pour te tenir compagnie.

Il est à toi.

Je sais bien, je te le prête.

— Au revoir, marmonna le petit en pressant ses lèvres contre l'oreille de Justin.

Il s'en alla.

— À toute, répondit Justin d'une voix faible mais distincte.

Puis, après bien des efforts, il ouvrit les yeux

et découvrit ceux, noirs, du chien de son frère, des yeux doux et sages qui clignèrent lentement en le voyant.

58

Je me sens un peu triste, maintenant que c'est fini. Notre jeu m'amusait. Il ne rate jamais, d'habitude.

Enfin, si. Parfois.

Ce qui peut être intéressant également.

59

Alors ? Que se passa-t-il, en fin de compte ?

Nous savons ceci : Justin et Agnes vécurent vieux et heureux. Et pas si heureux que ça. Parfois en même temps. Et pas forcément ensemble. Jusqu'à la fin des temps.

Quoi que signifie cette expression.

De son côté, Charlie apprit à voler. Dorothea tomba amoureuse. Peter découvrit une nouvelle étoile. Et un tas de choses arrivèrent à Justin. Des centaines de millions de choses ordinaires, inattendues et, à l'occasion, assez extraordinaires.

Tel fut son destin.

60

D'ici, la vue est belle. J'observe la Terre entière, rien ne m'échappe.

Ainsi, je vous vois.

Composition MCP - Groupe JOUVE - 45770 Saran
N° 252125G

Impression réalisée par
CPI BRODARD ET TAUPIN
72200 La Flèche
en octobre 2009

« Pour l'éditeur, le principe est d'utiliser des papiers composés de fibres naturelles, renouvelables, recyclables et fabriquées à partir de bois issus de forêts qui adoptent un système d'aménagement durable. En outre, l'éditeur attend de ses fournisseurs de papier qu'ils s'inscrivent dans une démarche de certification environnementale reconnue. »

Dépôt légal imprimeur : 54823
20.16.1353.0/05 - ISBN : 978.2.01.201353.7

Loi n° 49-956 du 16 juillet 1949 sur les publications destinées à la jeunesse.
Dépôt légal : octobre 2009.